Überarbeitete Neuauflage unlektoriert

Herstellung und Verlag: BoD – Books on Demand, Norderstedt
ISBN: 9783756216284

© copyright hartmut salzmann, reinbek

Hartmut Salzmann

Oh je –
ein Golfspieler!

Illustrationen von Harald Neumer

Inhaltsverzeichnis

Teil 3: Sternzeichen

Dieses
Buch nicht zu
mögen wäre verzeihlich.
Der Autor würde dies dennoch
als eine gelinde Katastrophe einstufen.

Prolog

Es ist nicht alles Golf was glänzt. Winston Churchill meinte, Golf sei ein Spiel, bei dem man einen zu kleinen Ball in ein zu kleines Loch schlagen muss - mit ungeeigneten Geräten. Und laut Mark Twain ist Golf ein Spaziergang mit Ärgernissen. Doch Golf ist auch,

- wenn man stundenlang schlägerschwingend bergauf und bergab gewandert ist, dabei etwa tausend Kalorien verbraucht hat und dann gedemütigt am neunzehnten Loch – an der Clubbar – landet.

- wenn man einen Kunststoffball mit drei Schlägen zum etwa vierhundert Meter entfernten Grün befördert und auf dem Grün für die letzten Meter ins Loch drei weitere Schläge benötigt.

- wenn man zwar lächelt, aber denkt: „Wenn du Spaß haben willst, darfst du kein Golf spielen."

- wenn man pure Erotik spürt, sofern einem Golfsschläge wie aus dem Lehrbuch gelingen. Golf kann dann *der größte Spaß sein, den man mit angezogenen Hosen haben kann* (Lee Trevino).

- wenn man länger als Durchschnittsmenschen das Gras von der richtigen Seite her betrachten kann.

- wenn man nur die Probeschwünge beherrscht.

- wenn Mutige zu Hasenfüßen und rechtschaffene Leute zu Schwindlern mutieren. <u>Denn:</u>

  Golf ist kein Spiel auf Leben und Tod.
  Golf ist schlimmer!

Hat ein Golfspieler (der Autor verwendet im Folgenden diesen Begriff für alle Geschlechter!) erst einmal mit dem Golfspiel angefangen, erliegt er schnell dessen Faszination. Oft wird er süchtig danach. Er wird ein Gefangener dieses Sports. Es wird deshalb angeregt an, den Golfsport in die Kategorie der Suchtkrankheiten aufzunehmen. In diesem Zusammenhang ist auch die gelegentlich geäußerte Kritik an einigen Topmanagern zu sehen, sie kümmerten sich mehr um ihr Handicap als um die Probleme ihres Unternehmens.

Lieber Leser, liebe Leserin, hast du eine Ahnung, was das Golfspiel und der Besuch bei einer Domina gemein haben? Die Antwort lautet: *Für beides gibt man einiges Geld aus, um sich demütigen zu lassen.*

Golf macht demütig. Wer schon einmal einige Golfrunden absolviert hat, der weiß um die Richtigkeit dieser Aussage. Es bedeutet ein recht hohes Maß an Selbstbeherrschung. Laufend sind kleine Schicksalsschläge in Form von misslungenen Golfschlägen hinzunehmen. Da muss man in der Tat ein besonderer Typ sein. Es gelingt dir zum Beispiel ein wunderbarer, langer Schlag. Beim Aufprallen springt der Ball jedoch zur Seite weg ins Rough und ist unspielbar oder unauffindbar und das soeben noch greifbar erscheinende gute Ergebnis ist im Eimer. Oder du hast mit drei guten Schlägen das Grün erreicht und liegst einen Meter vom Loch entfernt. Das Par grinst dich an, doch der Narbengesichtige läuft Amok, rumpelt über eine Unebenheit, küsst die Lochkante, rollt dran vorbei, erwischt eine abwärtsführende Bodenwelle und läuft einige Meter davon. Die Nerven liegen blank und du lochst schmallippig nach drei weiteren Putts ein. Der mitfühlende Kommentar „schade" deines Mitspielers nervt dich zusätzlich, denn du meinst, dass bei ihm etwas Schadenfreude mitklingt. Ähnliches gilt für viele unglückliche Schläge, für die du *und nur DU* die Schuld trägst. Selbst dem Vorstandsvorsitzenden eines Weltunternehmens gelingt es nicht, die Schuld abzuwälzen, gleichgültig, ob der Ball einen Baum trifft oder ob der Ball im Sand eines Bunkers verendet. So mancher Spieler möchte dann reimen:

> *Ein knapper Meter fehlte nur,*
> *am Grün wär`er gelandet.*
> *Doch eigenwillig fliegt er stur*
> *zum Bunker, satt gesandet.*
> *Da steckt er drin und schaut dich an,*
> *dreist schimmernd und verschlagen.*
> *Du greifst zum Sand-Wedge voller Drang*
> *und auch mit etwas Zagen.*
> *Willst ihn nun aus dem Bunker tun,*
> *befrei`n aus grauem Quarke.*
> *Hoch spritzt der Sand! Wo ist er nun?*
> *Er liegt tot an der Harke.*

Nachdem du endlich eingelocht hast, steckst du die Fahne zurück ins Loch und schreitest aufrecht, aber mit heißen Backen vom Grün, durchaus der Gefahr bewusst, dass sich schnell weiteres Ungemach einstellen könnte. So ist für jedermann, pardon, natürlich auch für jede Frau, einsichtig, dass Golfspielen den Charakter festigt – sofern man einen hat.

Kürzlich traf der Verfasser dieser Zeilen einen älteren Herrn im Clubhaus. Er war dezent sportlich gekleidet, freundlich und zuvorkommend. Auf die Frage, ob er auch Golf spiele, antwortete er sehr ernsthaft, dass er diesen Sport seit vierzig Jahren ausübe. Er habe aber immer noch keine Ahnung, wie man es richtig macht. Aus dem weiteren Gespräch ergab sich, dass er ein niedriges, einstelliges Handicap aufwies. Was für ein besonderer *Typ! D*ieser Typ gerät unter den Golfspielern umso mehr in die Minderheit, je mehr dieser Sport zum Volkssport wird. Und der Nichtgolfer fragt: *Ist das überhaupt ein Sport?*

Wer schon einmal achtzehn Löcher, also eine Golfrunde lang schlägerschwingend und das Golfbag hinter sich herziehend absolviert hat, weiß es besser. Dann weiß er um die rund zehn Kilometer Fußmarsch, die ein Golfspieler hinter sich bringen muss, mindestens vier Stunden auf und ab durch das Golfgelände, den Caddywagen hinter sich herzerrend. Für den Normalgolfer ergeben sich dabei zahlreiche Schläge und Probeschwünge, die auf einer Runde erbracht werden müssen. Dabei verbraucht der Durchschnittsgolfer auf einer Golfrunde zwischen 1500 und 1800 Kalorien. Bei einem kürzlich durchgeführten Test ergab sich bei den Probanden ein Netto-Gewichtsverlust zwischen 700 und 900 Gramm, obwohl die Spieler einen halben Liter Wasser und eine Banane zu sich genommen hatten. Allein schon die Propagierung dieses Tatbestandes könnte entscheidend dazu beitragen, dem Golfverband in erheblichem Maße zusätzliche Mitgliedsbeiträge in die Verbandskassen zu spülen.

Es wird gelegentlich behauptet, dass das Golfspiel ein

fragwürdiger, ja zuweilen gefährlicher Sport sei. Dem kann man ruhigen Gewissens widersprechen. Orthopäden und andere Ärzte empfehlen ihn sogar, weil er sich gut als Ausgleichssport eignet in einer Zeit, wo immer mehr Menschen zu viel Zeit im Sitzen verbringen.

Böswillige könnten argumentieren, dass im letzten Jahr ein Spieler in ein heftiges Gewitter geriet und vom Blitz erschlagen wurde. Dasselbe Schicksal könnte jedoch auch einem Wanderer unter einem Regenschirm passieren. Oder man zitiert den Fall, wo ein Seniorenspieler bei dem Versuch, am seitlichen Wasser den Ball aufzuheben, aus dem Gleichgewicht geriet, so dass er stürzte und die abschüssigen zwei Meter hinab ins Wasser rollte, wo er mit dem Gesicht nach unten liegen blieb. Nur durch das Eingreifen von zwei mitspielenden Senioren, so berichtete kürzlich ein regionales Blatt, soll er vor dem Ertrinken bewahrt worden sein.

Teil 1

Short Stories
(Anekdoten, Glossen…)

Ein Golfer im Himmel

Ludwig Thoma war kein Golfspieler. Sonst hätte er vielleicht die Figur des Dienstmannes Alois Hingerl, der im Münchner Hauptbahnhof infolge großer Hast tot zu Boden fiel und als Engel zum Himmel aufstieg, als Golfspieler gestaltet. Seine Geschichte wäre möglicherweise wie folgt abgelaufen.

Alois Hingerl war ein spielfreudiges Mitglied im Golfclub *Auf der grünen Wiesn e.V.* An einem milden Sommertag erledigte er einen Abschlag an einem Par 3-Loch so vortrefflich, dass der Golfball mit einem dumpfen Plopp auf dem Grün aufkam und scheppernd in dem lauernden Loch verschwand. Ein herrliches Ass! Seine Freude entlud sich so überschäumend, dass sein Herz versagte und er tot zu Boden fiel. Sanft lächelnd lag er am Abschlag und hielt auch im Tode noch sein geliebtes Sechsereisen beidarmig umschlungen. Zwei Engel, auf deren Leinenhemdchen die Worte *Himmlische Transporte* eingestickt waren, schwebten herbei, packten den seligen Alois und zogen ihn ultimativ hinauf in die weißblauen Wolken. Bald standen sie vorm Himmelstor. Der eine Transportengel griff unverzüglich in die Saiten der goldenen Harfe auf dem Sockel am Eingangstor. Er entlockte dem Instrument einen göttlichen Klingelklang. Petrus öffnete die mächtige Pforte und musterte mit ernster Miene den Neuzugang, der unsicher vor ihm stand, das Sechsereisen mit beiden Händen an die Brust gepresst.

„Er wollte dieses Ding partout nicht aus den Händen lassen", rechtfertigte sich einer der Transportengel und fuhr sich mit der Hand über die erhitzte Stirn.

„Nun denn", meinte Petrus und kraulte sich nachdenklich den Backenbart. „Nachdem er dieses Gerät schon hierher verbracht hat, möge er es behalten. Beim eurem nächsten Auftrag gebet besser Obacht. Das Hantieren mit irdischem Gut ist in der Hausordnung nicht vorgesehen!"

Mit ernster Miene begann Petrus, den neuen Engel in die himmlischen Regeln einzuweisen. Auch im Himmel gibt es eine Etikette.

„Merke auf, Alois! Ab sofort hörst du auf den Namen `Engel Aloisius`. Du hast die Registriernummer GO98-2A. Bei uns hat alles seine Ordnung. Wenn man dich ruft, hast du unverzüglich zu erscheinen!" Und Petrus fuhr fort: „Außerdem hat sich jeder Engel stündlich ein heiteres Frohlocken zu entlocken und es mit einem fröhlichen Hosianna zu versüßen."

„Das kann ja heiter werden", dachte Alois, „wo ich doch in Musik immer eine Null war."

„Und jeden Abend vor dem Zubettgehen sind sorgsam die Flügel zu putzen." Petrus beendete seinen Vortrag: „Reinlichkeit ist eine himmlische Pflicht."

Oh je, so hatte sich der Alois den Himmel nun gar nicht vorgestellt! Aber er nickte brav und hockte sich auf eine daherschwebende Wolke. Bald schon war er pflichtgemäß bemüht, ein munteres Frohlocken aus sich herauszulocken. Und wie er still dasaß und seinen Golfschläger gedankenverloren in den Händen hin und her drehte, näherte sich räuspernd ein Engel von auffällig kräftiger Statur. Engel Aloisius vermutete zuerst, dass der Kräftige, unter dessen Gewand stachelige, auffällig muskulöse Waden hervorlugten, der himmlischen Transportabteilung zuzuordnen sei.

Der Kräftige freilich brummte unmelodisch vor sich hin. Das war kein Frohlocken, auch kein Hosianna. Es klang eher wie *Fußball ist unser Leben*...

Und richtig. „Hey Alter, du mit deinen krummen Beinen, du kannst bestimmt gut dribbeln. Komm mit nach

Wolke sieben, zum Kicken", forderte der Stachelwadige im Kommandoton. Engel Aloisius drehte seinen Schläger nervös in den Händen, versagte sich jeglichen Anschein von Begeisterung. Stattdessen flatterte er abwehrend mit den Flügeln.

„Ey Alter, Fußball ist wohl nicht dein Ding, was? Aufgeputzter Pinkel, bist was Besseres!" rüffelte der andere und spuckte heftig in eine vorüberziehende Wolke. Er scherte sich keinen Deut darum, dass auf der Wolke ein blasser, durchgeistigter Engel hockte, der darob auf das Heftigste errötete und in Abwehrhaltung sein himmlisches Hemdchen an sich raffte. Der Stachelbeinige spuckte noch einmal in Richtung Wolke und entschwebte grollend.

„Heureka!" quiekte der Durchgeistigte, „was war das denn für einer? So ein fürchterlicher Flegel!" Er warf dem Stachelwadigen einen bitterbösen Blick hinterher und schlug die Flügel über dem kahlen Kopf zusammen.

„Oh wie wahr", hauchte Alois, drückte sein Kreuz durch und sprach: „Gestatten? Engel Aloisius, ehemals Alois Hingerl, Golfhandicap neunzehn."

„Sehr angenehm", wisperte der andere und nahm ebenfalls Haltung an: „Mich heißt man hier Jonathan, frühpensionierter Lehrer für Griechisch und Latein, kein Handicap."

Beider Seelen waren einander sofort vertraut. Sie tauschten ein beglückendes Lächeln aus und schwebten Hand in Hand davon.

Die Tage gingen dahin, mit frohlockendem Brummen und Hosianna summen, auf die Erde schauen und emsig Manna kauen. Eines Tages kam dem Engel Aloisius ein kosmischer Gedanke. Er knetete aus dem himmlischen Brot kleine runde Kugeln und härtete sie im ambrosischen Backofen. Dann wanderte er hinüber in ein hügeliges Wolkental und versuchte, die Mannakugeln mit seinem

Golfschläger in kleine Wolkenlöcher zu befördern. Immer, wenn es gelang, begann er zu frohlocken und ließ ein unmusikalisches, lautes *Hosianna* folgen. Petrus am Himmelstor hob dann stets das weiße Haupt und nickte ein zufriedenes *Na bitte, geht doch!*

Einige Tage später versuchte sich Engel Aloisius erneut an einem beherzten Abschlag. Er stellte seine Flügel auf Sturm und traf mit falschem Griff, aber gewaltigem Schwung, auf das himmlische Nährmittel. Dieses flog, was für ein wunderbarer Slice, in hohem Bogen hinüber zu dem den güldenen Pavillon, in den sich der liebe Gott immer zurückzieht, um über eine bessere Welt nachzudenken. Er hatte auf seiner supermegamultifunktionalen Hybrid-Televisionswand die Weltnachrichten verfolgt, als das Geschoss das verglaste Fenster der göttlichen Behausung klirrend durchschlug. Der liebe Gott schreckte von seinem gepolsterten Fernsehsessel hoch und blickte zum zerstörten Fenster hinaus.

„Bei Gott", sprach er zu sich, „was ist denn das für ein Lümmel?" Er rief nach Petrus, der umgehend den Friedenstörer herbeischaffte. Der liebe Gott blickte auf den Störenfried, sah ihn lange an und sprach: „Oh je... ein Golfspieler!" Dann erteilte er ihm eine Absolution, blickte stirnrunzelnd hin zu Petrus und meinte: „So miese Golfschläge sollte es nun wirklich nicht geben."

Der liebe Gott nahm dem Engel Aloisius den Golfschläger aus der Hand, griff sich eine Mannakugel und positionierte sie fachgerecht, freilich nicht ohne diese zuvor als Missbrauch eines Grundnahrungsmittels bezeichnet zu haben. Dann peilte er hinten am Himmelstor den schneeweißen Briefkasten an, in dessen breitem Schlund die zahlreichen Bettelbriefe aus aller Welt landen – solche mit Wünschen von Kindern, auch von Rentnern und zuweilen sogar von hilflosen Politikern. Er holte weit aus und beförderte die Kugel mit himmlischem Schwung hinein in den Briefkasten. Mit leuchtenden Augen, die plötzlich groß und rund waren wie Golfbälle, blickte der liebe Gott auf seinen Engel.

„Hast du gesehen, Engel Aloisius? So macht man das!" Und zu Petrus gewandt sprach er: „Was hältst du davon, wenn wir diesen Engel hier, ausgestattet mit meiner göttlichen Inspiration, zu den Golfspielern hinabschicken, damit er ihnen erfolgreichere Golfschläge vermittle? So könnte ich dazu beitragen, dass den bedauernswerten Otto-Normalgolfern da unten häufiger gute Schläge gelingen."

Petrus kraulte sich den fülligen Bart und meinte: „Der Verband der Golftrainer und einige Professionals werden es nicht gerne sehen! Doch es wäre schön, wenn es Golfern gegeben wäre, öfter Schläge mit himmlischer Leichtigkeit fertigzubringen. Die Welt würde von zahlreichen Flüchen befreit werden... auch von den vielen heimlichen."

Und so begab es sich, dass Engel Aloisius, Registriernummer GO98-2A, zurück auf die Erde entsandt wurde, um Golfspielern göttliche Inspiration zukommen zu lassen.

Als Alois Hingerl alias Engel Aloisius durch eine dünne Wolkendecke einschwebte, erblickte er unter sich die Bavaria und dann auch seinen alten Golfclub. Da überkam ihn eine unbändige Lust. Er begab sich unverzüglich auf die Driving Range, schlug einen Ball auf das Übungsgrün, dann noch einen und noch einen. Und er wurde süchtig nach guten Schlägen. Seine Begierde wuchs und er vergaß seinen Auftrag. Er ging hinüber zum ersten Abschlag, spielte eine Runde, dann die nächste und noch eine. Und da spielt er immer noch.

Und so hoffen zahllose Golfspieler in aller Welt bis zum heutigen Tag vergebens auf göttliche Schwünge.

Die blonde Narzisse

Du denkst vielleicht, dass nur die feinen Leute den Golfsport ausüben. Und dass er stets pure Freude bereitet. Irrtum! Dieses Spiel ist an Frustgefahr kaum zu überbieten, ist zuweilen sogar eine Spielwiese für Masochisten. Die herrlich grünen Fairways sind nur solange herrlich grün wie dein Abschlag drauf landet und das frontale Wasser erscheint dir nur dann in einem wundervollen Blau, sofern du deinen Ball nicht hinein versenkst. Und wenn du dann noch einen ungeliebten Spielpartner an deiner Seite hast...

Edmund, genannt Ede, ist so einer. Er hat eine Figur wie eine bucklige Kiefer und wirkt häufig so, als habe er sich über seine Frau geärgert. Einer wie er ist verheiratet, doch nicht fanatisch. Zudem ist er, und das nicht aus Achtung vor den Tieren, ein eingefleischter Vegetarier. Deshalb zügelt er konsequent seine Fleischeslust. Nur bei Frauen macht er gelegentlich eine Ausnahme. Doch zurück zum Thema! Im Turnier zählt Ede die Golfschläge oft falsch, natürlich zu seinen Gunsten und zu Ungunsten von Mitspielern.

Kürzlich nimmt er an einem Clubturnier teil. Er hat den gutwilligen und stets gutmütigen und sensiblen Tom zum Spielpartner. Der fühlt sich schon bei Spielbeginn genervt. Denn Ede`s Abschlag verschwindet von fiesen Flüchen begleitet in einem seitwärtsgelegenen Kiefernwäldchen. Immerhin: Der Ede beherrscht diesen falschen Schlag. Den aber richtig.

„Deinen Ball finden wir nicht, der ist futsch", orakelt Tom. „Spiele lieber sofort einen neuen Ball, sonst müssen wir nachher zum Abschlag zurück. Hier, ich gebe dir einen neuen von mir, das zählt dann als dritter Schlag.

Ede widerspricht vehement. Er behauptet, dass sie seinen Ball mit Sicherheit finden würden, Tom solle nur ordentlich bei der Suche helfen. Schließlich habe er genau beobachtet, wie sein Ball hinten in Richtung der Dornenbüsche gerollt sei. Also machen sie sich auf zum stacheligen Buschwerk. Dort findet sich, keine Überraschung, kein Ball. Dafür handelt sich Tom einen ordentlichen Triangel in der neuen Golfhose ein.

Ede entnimmt seinem Golfbag eine Tupperdose im XL-Format, fingert eine Karotte heraus und nagt laut und nachdenklich daran herum. Dann erklärt er, dass der Ball in der schlammigen Pfütze gelandet sein muss, gleich neben den Büschen. An der Oberfläche seien ja schließlich Luftbläschen zu sehen. Wo sollen die sonst herkommen? Also dürfe er einen Ersatzball straflos droppen.

Tom knirscht mit den Zähnen. Doch er will sich den Spaß am Spiel nicht völlig verderben lassen und gibt klein bei. Als sie später am elften Abschlag stehen, einem kurzen Par 3-Loch, schwärmt Ede davon, dass er hier mal mit einem Putter abgeschlagen und doch tatsächlich das Grün getroffen habe. Vielleicht hätte er es erneut auf diese Weise versuchen sollen. Heute haut er die kleine Kugel mit einem Schlag, den ein kanadischer Holzfäller nicht mächtiger hätte ausführen können, in ein nahes Wäldchen. Bei einem weiteren Versuch trifft er eine alte Eiche und der Ball verschwindet unauffindbar im Unterholz.

„Whow!", denkt Tom, „mir reicht es. Ich ruiniere mir meine neue Golfhose und Ede`s Spiel bringt mich endgültig aus dem Rhythmus."

Nachdem die Beiden dann endlich das achtzehnte Loch erreicht und mit schlechtem Ergebnis beendet haben, verlässt Tom misslaunig den Platz. Er beschließt, keine Zeit mit Ede am neunzehnten Loch, der Clubbar, zu verschwenden und macht sich auf den Heimweg. Er schultert sein Golfbag und schreitet mit grimmigem Blick hinüber zu den geparkten Autos. Schon von Weitem erblickt er eine Politesse in amtlicher Geschäftigkeit. Auch das noch! Die wasserstoffblonde Frau steht da mit gezücktem Erfassungsgerät. Er schaut genau hin, überlegt kurz und nähert sich entschlossen.

„Was machen Sie da?"

„Das sehen Sie doch", sagt die Frau.

„Seien Sie nicht pingelig", grantelt Tom.

„Bin ich nicht", sagt sie und mustert den Golfer mit kühlem Blick. „Ihr Auto parkt unvorschriftsmäßig. Es steht mit zwei Rädern auf dem Gehsteig und behindert die Fußgänger."

„Auf diesem verträumten Weg kommt außer uns Golfern doch höchstens mal Zuschauer entlang, Sie blonde Narzisse", wendet Tom verärgert ein.

„Was haben Sie da gesagt? Ich habe *blonde Narzisse* verstanden!" Der Blick der Zettelschlampe wirkt frostig. „Vorsicht, mein lieber Herr!", raunzt Sie und tippt etwas in ihr elektronisches Speichergerät.

„Ich bin nicht *ihr lieber Herr*", erwidert Tom. „Diese Anrede verbitte ich mir, Sie kohlköpfige Kuh!"

Der Blick der Politesse Blick gefriert. Nun hat sie eisige Splitter in den Augen. „Das ist Beamtenbeleidigung!" kreischt sie und gibt provozierend vor sich hin murmelnd das Autokennzeichen ein. „Wie ist Ihr Name?"

„Es geht Sie gar nichts an wie ich heiße", lächelt Tom süffisant und heißt sie eine *schwachsinnige Schlampe*.

„Ihren Namen muss ich gar nicht wissen!" faucht sie und enteilt mit stampfenden Schritten.

Toms Ärger war schon beim Näherkommen verraucht. Jetzt blickt er ihr grinsend hinterher, trägt sein Golfbag zwei Autos weiter, öffnet den Kofferraum und verstaut aufreizend langsam seine Golfutensilien.

Was soll's. Der Ede hat doch selber Schuld, wenn er mit zwei Reifen auf dem Fußweg parkt. Oder?

Ein Golffreak und himmlische Mächte

Der kürzeste Golfwitz ist vermutlich die Feststellung: *Jetzt kann ich's!*

Dieses Gefühl kann bei einem Golfspieler nach einem besonders gelungenen Schlag durchaus aufkommen. Waren dann vielleicht himmlische Mächte im Spiel? In der folgenden Anekdote, deren Pointe dem Autor vor Jahren einmal zugetragen wurde, war es eindeutig so.

Einen Golffreak zieht es zwanghaft auf einen Golfplatz, obwohl dieser vom Dauerregen aufgeweicht und deshalb gesperrt ist. Zudem pfeift der Wind über die Anlage und kräftige Regenschauer lassen die überreichlich vorhandenen Pfützen auf den Fairways ständig anwachsen. Dennoch packt der Mann seinen Golfkarren und bewegt sich hinüber zu einem Abschlag, der vom Clubhaus nicht mehr einsehbar ist!

Zufälligerweise schaut der verstorbene Gründungsvorstand vom zerfetzten Himmel herab auf sein geliebtes Clubgelände. Er mag seinen Augen nicht trauen und muss nun mit ansehen, wie dieser üble Mensch da unten sein Spiel beginnt. Welch ein elementarer Regelverstoß!

Das Wetter stört den Golfer offensichtlich wenig. Aber der Vorstand hoch droben ist verstört. Entsetzt verfolgt er durch Wolkenlücken das böse Treiben. Der Trauerfall seiner Schwiegermutter würde ihn wohl weniger erschüttern. So etwas darf doch nicht ungestraft bleiben! Da kommt ihm ein himmlischer Gedanke. Er eilt hin zum goldenen Pavillon, in den sich der liebe Gott jeden Mittag immer zurückzieht.

„Lieber Gott", keucht er, „dieser gottlose Golfer da unten verdient schwere Strafe. Er begeht eine schlimme Sünde, denn er ruiniert die Fairways. Niemand hält ihn bei diesen Platzverhältnissen zurück. Bitte, hilf mir!"

Der liebe Gott hat bekanntlich einen ausgeprägten Golfverstand und erkennt sofort das Problem. Mit gerunzelter Stirn blickt er auf das Golfgelände herab, wo der Spieler jetzt am Abschlag eines Par 4-Loches angelangt ist und den Ball mit mächtigem Schwung vom Tee wegbefördert. Der Schlag entpuppt sich als ein grausamer Slice und droht ins Seitenaus zu fliegen. Da lässt Gott aus der Retorte der Winde stärkste Sorte. Die befördern den Ball um einige Bäume herum zurück auf das Fairway. Der Ball hat eine völlig unzureichende Länge, doch göttliche Rückenwinde fegen ihn dem Grün entgegen. Regen und Hagel drohen den Ball in einer großen Pfütze vor dem Grün verenden zu lassen, doch Gottes Atem lässt ihn bis ins Loch taumeln. Ein einziger Schlag: Ein As bei einem Par vier!! Jubelnd schleudert der schamlose Golfer seinen Driver in die Luft.

Der greise Gründungsvorstand ist starr vor Entsetzen. Er stammelt: „Lieber Gott, was hast du getan! Du solltest den Kerl doch bestrafen und nicht auch noch belohnen!"

Da spricht Gott: "Gemach, lieber Vorstand, gemach. Ich habe ihn bestraft. Denn er hat ja keine Zeugen. Wem soll er von seinem Wunderschlag erzählen? Und wenn er es erzählte, wer, bei Gott, würde es ihm glauben?"

Schau an, ein Birdie!

Tom denkt, dass golfen so schön sein kann wie das Fliegen mit einem Segelflugzeug oder einem Paraglider. Vielleicht bezeichnen Golfspieler eine Gruppe von golfspielenden Menschen deshalb als *Flight*.

Er steht auf der Sonnenterrasse des Clubhauses und erfreut sich an dem parkähnlichen Gelände, das ihm in saftigem Grün entgegenleuchtet. In der Ferne sind Golfspieler am Werke. Schon von Weitem erkennt er den Fritze Salzwedel, einen pensionierten Oberschullehrer. Der ist an seiner leicht gebeugten Haltung und der karierten Kopfbedeckung gut auszumachen. Der Fritz ist mit einem Gesicht ausgestattet, dem man seine Jahrzehnte sofort ansieht. Ein alter Schulfreund, den sie Hänschen nannten, ist auch dabei. Hans hat Tom beim Bier einmal verraten, dass der Fritz früher in der Schule mit dem Spitznamen Salzschwänzchen gehänselt wurde! Doch zur Sache. Neben den beiden trabt mit leichtem Trippelschritt eine Frau daher, in ein knalliges Großgeblümtes gewandet. Ein neues Mitglied auf der Terrasse klärt Tom auf.

„Die da beim Fritz, die mit den dicken Armen, die kenne ich. Das ist seine bessere Hälfte."

„Spielt Fritzens Frau auch Golf?" fragt Tom erstaunt.

„Nein, die hat vom Tuten und Blasen keine Ahnung."

„Vom Tuten und Blasen… wirklich keine Ahnung?", grient Tom. „Ich kann mir gut vorstellen, dass sie alljährlich den zehnten Januar feiert. Das ist bekanntlich der Tag der Blockflöte…"

„Tatsächlich?" stottert das fremde Mitglied irritiert und zieht sein Witwergesicht in die Länge. „Aber ich kann mir denken, dass sie einen Bogey für einen wilden Tanz hält."

„Kann sein. Vielleicht wollte sie nur nachsehen, wo sich ihr Mann immer so lange herumtreibt", mutmaßt Tom.

Im Augenblick treibt es Fritz Salzwedel mit suchenden Augen in eine Brombeerhecke. Vorsichtig wie eine schwule Strumpfbandnatter bewegt er sich zwischen ungeliebten Dornenzweigen hin und her. Dann steuert er endlich in gezackter Linie auf das Grün am Clubhaus zu. Gespannt blickt Tom hinüber, um nicht zu verpassen, mit welchem Erfolg der Fritz die Fahne anspielt.

Die Begleiterin schreitet aufrecht voran, ist vom Clubhaus aus gut erkennbar. Auf ihrem Kleid erkennt Tom überdimensionale, knallrote Rosen, die mit den zinnoberroten Lippen der Frau um die Wette strahlen. Hans hält ein mittleres Eisen in der Hand und zelebriert bescheidene Probeschwünge. Offensichtlich versucht er, dieses vom Pro geforderte *Nichts* in seinen Schwung einfließen zu lassen. Es bleibt bei dem Versuch.

Hans hat sich entschlossen, mit dem nächsten Schlag das Grün anzugreifen. In diesem Augenblick schwebt eine Armada von Krähen heran und sucht in Fahnennähe einen Landeplatz. Halten die dunklen Vögel dort nach frischen Grassamen Ausschau?

Hans holt kräftig aus. Das helle Klicken kündet davon, dass der Ball ordentlich getroffen wurde. Tatsächlich fliegt der Ball erstaunlich zielstrebig dem Grün entgegen, springt kurz zuvor auf und erschreckt die pickende Vogelschar. Von der Golfballattacke aufgescheucht stieben die schwarz gefiederten Wesen auseinander. Eine ungeschickte Krähe wählt für ihre Flucht die falsche Richtung, flattert dem aufspringenden Ball entgegen und wird prompt von ihm niedergestreckt. Verdattert rappelt sich das Tier hoch und taumelt davon.

Tom schaut hin zu der Frau im Großgeblümten, die jetzt begeistert ihre dicken Arme emporwirft. Ihre zinnoberfarbenen Lippen klappen auseinander und man hört sie schreien: „Ein Birdie, ein Birdie!"

Ein kesser Nachwuchsgolfer

Hey Sie!

Haben Sie schon einmal einen Golfschläger in die Hand genommen und versucht, den kleinen Genarbten möglichst schwungvoll in eine wunderbare Natur zu schlagen? Es wird behauptet, dass bereits im Mittelalter diese anspruchsvolle Sportart entdeckt wurde.

Der Legende nach entstand die Idee des Einlochens durch gelangweilte Schäfer in Schottland. Klar, wenn man nur Obacht geben muss, dass niemand ein Schaf klaut, hat man viel Zeit. Daher kamen einige auf die Idee, mit den Hirtenstäben rundliche Steine in Mause- oder Rattenlöcher kullern zu lassen. So nahm die Erfolgsgeschichte des Golfspiels vermutlich ihren Anfang.

Wenn jemand mit dem Golfspiel begonnen hat, kann er süchtig danach werden. Der Autor hat deshalb schon vor Jahren angeregt – bisher freilich erfolglos – den Golfsport in die Kategorie der Suchtkrankheiten aufzunehmen.

Der Profigolfer Lee Trevino hat behauptet, dass man beim Golfen pure Erotik spüren kann, wenn einem Spieler, was bei einem Amateur nicht so häufig vorkommt, tolle Schläge gelingen. Und er hat geprahlt: *Golfspielen könnte dann der größte Spaß sein, den man mit angezogenen Hosen haben kann.*

Apropos Hosen. Beinkleider sind wichtiger Bestandteil der Golfetikette. Die wird in den meisten Clubs groß geschrieben. So sind zum Beispiel Jeans auf den Fairways ungern gesehen. Und an heißen Tagen gar mit einem nackten Oberkörper herumzulaufen, das wäre *shocking*. Die folgende Anekdote könnte da gewiss beispielgebend sein:

Der Hochsommer hat auf dem Golfplatz seit Wochen Einzug gehalten. Es ist Hölle heiß. Auf Toiletten droht das Gesäß auf der Klobrille festzukleben. Einige Flächen auf den Fairways ähneln einem gerösteten Toastbrot.

Felix, ein jugendlicher Spieler auf der Schwelle vom Teenie zum Twen betritt das Clubhaus. Der Jüngling ist nur um die Hüfte herum bekleidet. Ein schweißnasses Hemd, miefige Socken und verstaubte Golfschuhe trägt er betont lässig in der Hand. Im Freibad würde seine trainierte Figur sicherlich manche Mädchenaugen magnetisch anziehen. Seiner Wirkung bewusst steuert der Bursche auf den Empfang zu und schickt ein kesses Lächeln zur Clubsekretärin hinüber. Die Empfangsdame ist gerade damit beschäftigt, einem einsamen Goldfisch, der müde und schlaff in einem Aquarium herumschwänzelt, Spezialfutter hineinzubröseln. Offensichtlich setzt auch ihr die Hitze zu. Eben hat sie noch wenig damenhaft gegähnt. Nun wandern ihre müden Augen hin zu dem jungen Mann, der sich barfüßig auf dem Weg in die Umkleideräume befindet. Der Jugendliche lechzt offensichtlich nach einer erquickenden Dusche.

Die altgediente, im Herzen jung gebliebene Frau stockt, schaut genauer hin. Sie mag ihren müden Augen nicht trauen. Gefühle erwachen aus der Narkose. Irritiert greift sie suchend nach ihrer Weitsichtbrille, sieht ihren ersten Eindruck bestätigt. Schlagartig ist jegliche Müdigkeit verflogen.

„Hey, du Jungspund, bist doch der Felix! Ist ja ein tolles Outfit, das du mir an diesem hitzigen Sommertag so reizend, um nicht zu sagen aufreizend, präsentierst. Hast du die Absicht, Unterhosenmodel zu werden?"

„Geile Idee", feixt der Verschwitzte, „können Sie mir zu einer professionellen Agentur verhelfen? Sie kennen doch gewiss viele Leute hier im Club."

Die Sekretärin schnauft tief durch, nimmt einen kräftigen Schluck aus der Kaffeetasse. Dann flüstert sie: „Darüber muss ich ernsthaft nachdenken. Doch wenn ich dich so beäuge... mutig, mutig, du knackiger Bursche. Da hätte ich einen begnadeten Vorschlag. Was hältst du davon, wenn du auch noch dein heißes Höschen ablegst?"

Felix fixiert die Empfangsdame mit kessem Blick. Er zögert eine Winzigkeit, dann schlüpft der Schlingel grinsend aus Shorts und Schlüpfer. Barfuß bis hinauf ins strubbelige Haar steht er vor der Clubsekretärin. Provozierend lässt er sein letztes Textil, einen String Tanga der Marke Spitzenjunge, wedelnd um den Zeigefinger kreisen. Dabei dreht er sich gekonnt um die eigene Achse. Ein professionelles Model auf dem Laufsteg könnte nicht besser performen.

Der Frau verschlägt es kurz die Sprache. Diese konsequente und unerwartete Reaktion des verwegenen Burschen kam dann doch zu überraschend. Selbst der im gläsernen Gefängnis still vor sich hin schwänzelnde Goldfisch scheint Schnappatmung zu bekommen.

„Was denken Sie, schöne Frau. Soll ich Ihnen mein heißes Höschen zuwerfen?"

Bei der *schönen Frau* zeigen sich Himbeerflecken im verschwitzten Gesicht. Blanke Augen kleben an dem standhaften Bengel. Ihre Stimmlage verändert sich. Die Stimme bekommt einen vorweihnachtlichen Klang. Sie nimmt die Brille ab, beginnt, die Augengläser zu putzen. Will sie sich einen noch klareren Durchblick verschaffen?

„Ach Felix, du Glücklicher. Her damit! Wirf mir getrost dein Libido verströmendes Textil herüber. Und weißt du was?", zwitschert sie leise.

„Liebste Frau, ich lausche."

Die Empfangsdame nickt empfänglich und legt ihre Brille beiseite. Dann hört man sie lüstern:

„Du könntest mir auch noch deinen entzückenden Putter überlassen!"

Was der Pro so sagt...

„Golfspielen ist Leben" sagt der Pro. Das ist nicht ganz uneigennützig. Er sagt auch: „Leben heißt lernen."

Das denkt auch Timotheus, den alle Tim nennen. Er nimmt vor Turnierbeginn schnell noch eine Lehrstunde.

„Tim, schlag mal einige Bälle", sagt der Schwung-Guru. „Und halte den Kopf dabei ruhig."

„Ich soll wohl dein Grinsen nicht bemerken", meint Tim und greift sich seinen Driver. Er spürt den mitleidigen Blick des Trainers ebenso deutlich im Rücken wie seine Bandscheibe.

„Bist du auf der Flucht?" fragt der Pro.

Timotheus, von dem einige Clubmitglieder behaupten, dass er seine Golfschläger mehr liebt als seine Ehefrau, verneint artig.

„Du darfst das Wort *schlagen* nicht wörtlich nehmen. Du schlägst wie mein Vater Holz hackt. Greif dir dein Sechsereisen und stelle dich vor den Ball als wäre heute Sonntag. Einfach locker stehen", sagt der Pro. Das hört sich gut an, richtig einfach. „Tim, und dann beim Ausholen darauf achten, dass du zwei Knöchel deiner Hand sehen kannst", sagt der Pro. Und später: „Wenn du dauernd nach rechts spielst, schlag mehr nach links."

Später erfährt Tim noch, dass er als Rechtshänder den Ball beim Schlagen nicht aus dem linken Auge lassen soll. Derart mit anatomischem Fachwissen ausgestattet, schreitet Tim später zum Abschlag, wo ihn sein Spielpartner schon erwartet. Tim ist wild entschlossen, sich heute knackig zu unterspielen. Er zerrt sein längstes Holz aus dem Bag, steckt ein Tee in den Boden und bewerkstelligt einen passablen Probeschwung.

„Den Ball mit der linken Handfläche schlagen", saust ihm ein Satz des Trainers durch den Kopf. Er versucht mit seinen arthritischen Knien locker zu stehen. Starräugig über den Ball gebeugt holt er aus. Dabei stellt er fest, dass er den Ball nicht nur mit dem linken Auge fixiert. Was soll das rechte sonst auch tun? Es sei denn, er hätte einen Hausfrauenblick: links nach dem Kochtopf, rechts nach den Kindern. Egal. Schon rauscht der Driver der Grasnarbe entgegen.

Der Erzähler John Updike, der im Golfspiel keine Sache, sondern einen Daseinszustand sieht, hat angemerkt, dass das Wort *Golf* von rückwärts gelesen *flog* ergibt. Aus dem Englischen übersetzt heißt das *prügeln!* Genau das hat Tim getan. Jedenfalls fliegt die kleine Kugel mit einem Rasenstück in der Größe einer Kinderwindel um die Wette. Der Ball rollt tapfer einige Meter weiter und gewinnt das Duell. Das war der verdammt noch mal mieseste Schlag seit Saisonbeginn. Habt Ihr gesehen, Leute? So spielt man eine sichere Dame! *)

Im weiteren Verlauf toppt Tim den genarbten Bastard im Zickzackkurs in Richtung Fahne. Am sechsten Abschlag hat er seine Normalform wiedergefunden, verweist nun sein Minimalziel, ein mittelmäßiges Handicap zu spielen, ins Reich der Träume. Einem Perpetuum Mobile gleich erledigt er das Spiel an den restlichen Löchern und beendet das Turnier. Sein Spielergebnis hat sich inzwischen erschreckend weit unterhalb der Pufferzone angesiedelt.

Timotheus hat dazugelernt. Er beschließt, nicht noch einmal unmittelbar vor einem Turnier eine Trainerstunde zu nehmen. Man denkt zu viel nach.

Wie sagt doch gleich der Pro? „Golfspielen ist Leben." Und: „Leben heißt lernen."

*) für Nichtgolfer: Ein Abschlag, der nicht einmal bis zum davorliegenden Damenabschlag kullert.

In den Herzen ist's warm ...

Weihnachtsfeier im Golfclub.

Auch in diesem Jahr steht Weihnachten wieder einmal völlig überraschend vor der Tür. Es sind nur noch wenige Tage bis zum Fest. Schneeregen prasselt herab aus finsteren Wolken. Der Wind peitscht über die nassen Fairways. Selbst die Krähen gehen zu Fuß.

Es ist ein früher Nachmittag. Dennoch hat sich bereits ein muffiger Schleier über das Clubhaus gelegt, in welchem fleißige Golferhände die allerletzten Dekorationsarbeiten ausführen.

Zwei Automobile rollen auf den Parkplatz: Die ersten weihnachtlich gestimmten Gäste. Sie tasten sich eilig über den glatten, vereisten Weg hin zum schützenden Hort. Am Eingang wehen ihnen friedliche Klänge aus einem Lautsprecher entgegen, die fröhlich davon künden, dass es in den Herzen warm ist und dass Kummer und Harm still schweigen.

Hinter der Rückseite des Clubhauses werden zwei vermummte Gestalten sichtbar. Sie kämpfen sich keuchend einem nahegelegenen, spröden Grün entgegen. Die clubbekannte rote Rosi und ihr winterfester Golfpartner Bodo-Bert ziehen einher: Maria und Joseph in matschigem Schneegestöber. Mit der einen Faust umklammern sie ihre vereisten Caddywagen, mit der anderen Hand flatternde Regenschirme. Mutig stemmen sie diese wie Florettfechter dem Wind entgegen. Bodo-Bert schnauft laut vor sich hin. Rosi, von Bodo-Bert gelegentlich Rosinante genannt, weil sie verschlagenen Bällen oft mit einem Pferdegebiss hinterherlächelt, meldet sich mit heiserer Stimme.

„Berti, was denkst du? Sollten wir nicht besser unser Spiel beenden und im Clubhaus Unterschlupf suchen. Heute ist es doch in der Tat ein wenig ungemütlich."

„Höre, du weibliches Weichei", grunzt der Golfpartner, „die nächsten drei Löcher schaffen wir doch noch mit links! Hauptsache unsere Golferherzen schlagen warm. Also Rosinante, mach voran!"

Die beiden stehen nun am nächsten Abschlag. Der zerfetzte Himmel hat sich zunehmend verdunkelt. Bodo-Berts Regenhose knattert aufdringlich im Wind. In seinem Rücken, hinter gemütlich erleuchteten Fensterscheiben, kann man beim Clubvorsitzenden zuschauen, wie er als drolliger Weihnachtsmann verkleidet die Einschaltung der Christbaumbeleuchtung übt.

Für festliche Gefühle haben unsere beiden Abenteuersportler jedoch keinen Blick übrig. Mit frostiger Nase und vereisten Augenbrauen versucht die rote Rosi verzweifelt ein Tee in den Boden zu rammen. Nachdem heftige Winde den kleinen Kunststoffball mehrfach vom Tee heruntergeblasen haben, flattert er endlich, vom einem Eisen eiskalt getroffen, davon. Ein Schirm saust rumpelnd hinterher. Dann haben die beiden das nächste Grün erreicht. Bodo-Bert klaubt den klappbaren Eispickel aus dem schneeverkrusteten Golfbag und macht sich daran, die angefrorene Fahne auf dem Wintergrün zu entfernen. Schon zuvor hat dieses Werkzeug prächtige Dienste geleistet.

Nach einigen holperigen Putts lochen sie schließlich ein. Der wackere Bodo-Bert faltet die kümmerlichen Überreste seines zerrupften Regenschirms zusammen und stopft ihn in seine Golftasche. Die geröteten Augen über der noch stärker geröteten Nase fixieren die Partnerin.

„Weißt du was, Rosi? Vielleicht sollten wir doch unser Spiel beenden und nach Hause gehen. Die Geschäfte haben jetzt bestimmt schon geschlossen."

Die tapfere Rosi lächelt irritiert. „Wieso, was für Geschäfte? Verstehe ich nicht."

„Ja, stelle dir vor, Rosinante", schnauft Bodo-Bert, „meine liebe Frau wollte mich vorhin doch tatsächlich noch zum Einkaufen schicken. Bei diesem Sauwetter!"

Männerflight mit Dame

Tom wurde, wie viele andere Spieler auch, erst in fortgeschrittenem Alter vom Golfvirus infiziert, dafür dann umso nachhaltiger.

Heute ist er in einem Dreierflight unterwegs, mit dem wetterfesten Bodo-Bert. Das könnte durchaus eine freundliche Golfrunde werden. Der Dritte im Bunde ist eine Sie, eine Frau Gloria Schultze-Schreckenberger. Eine korrekte Dame, wie man ihm auf seine vorsichtige Rückfrage hin (*was ist das für eine?*) zu verstehen gibt. Von ihr soll das Zitat stammen: *Wenn Sie Spaß haben wollen, dürfen Sie kein Golf spielen!*

Tom und Bodo-Bert schlagen ab und ziehen ihren Karren der Dame hinterher. Die ist sofort voranmarschiert. Sie darf weit vorne starten. Das nennt man im Golfsport Gleichberechtigung. Die Männer bleiben abrupt stehen, da Frau Schultze-Schreckenberger bereits den Ball anspricht. Dann spricht sie erst noch die Männer an.

„Ich fühle mich gestört. Kommen Sie bitte weiter."

Die beiden eilen die letzten Meter hin zum Damenabschlag, wo Frau Schultze-Schreckenberger nun abschlägt. Das Grün ist erreicht, die Dame puttet. Ihr Ball flirtet mit der Lochkante, schleicht am Loch vorbei.

Tom sagt *schade.*

Frau Schultze-Schreckenberger runzelt die botox-geglättete Stirn, steckt den Putter weg und zischt. „Sie haben mich schon wieder gestört."

Seinen treuherzigen Hinweis, dass der Ball zum Zeitpunkt seiner Mitleidsbekundung doch längst am Loch vorbeigerollt sei, quittiert sie mit düsterem Schweigen. „Das war nun also eine fünf", erklärt sie noch.

„War das nicht eben eine Sechs?", fragt Tom, der auf der Scorekarte die Ergebnisse notieren muss.

„Es war eine Fünf!" Frau Schultze-Schreckenberger erklärt das in einem Ton, der keinen Widerspruch, also auch keine aufklärende Diskussion zulässt. Toms leise Nachfrage wurde im Keim erstickt.

Er kuscht und denkt: „So kann man auch zu einem ordentlichen Handicap kommen."

Nächster Abschlag, derselbe Ablauf. Die Männer schlagen ab, stecken ihre Driver ins Bag. Frau Schultze-Schreckenberger ist schon wieder eilig auf dem Weg nach vorne. Die beiden hecheln hinterher, versuchen aufzuschließen. Da wendet sie sich nach rückwärts und zischt Tom an.

„Bleiben Sie doch stehen. Ich möchte in Ruhe abschlagen."

Tom und Bodo-Bert erstarren zu biblischen Salzsäulen. Atemlos warten sie den Abschlag ab.

„Zuvor störte Sie, dass wir in ihren Rücken verharrten", wirft Tom ein, nachdem die Dame ihren Ball gespielt hat.

„Nein", sagt Frau Schultze-Schreckenberger und aus ihren Augen schießen ihm winzigste Golfbälle entgegen. „Nein, immer Sie! Der andere Herr stört mich nicht."

In der Folgezeit klebt er an der Seite von Bodo-Bert. Der stört ja nicht. Da beginnt seine Nase zu jucken und dann auch noch zu lecken. Vorsichtig betätigt er den Reißverschluss an seiner Hose, um ein Taschentuch herauszufingern. Frau Schultze-Schreckenberger vermerkt das zirpende Geräusch mit strengem Blick.

Toms Nase läuft, sein Spiel weniger. Richtig schnäuzen? Das traut er sich nicht. Inzwischen schreitet Frau Schultze-Schreckenberger zu einem weiteren Abschlag. Der liegt nahe am vornehmen Clubhaus. Man kann sehen und hören, wie ein weibliches Clubmitglied auf der Terrasse einen Joghurt auslöffelt. Dabei erfahren die Spieler, dass die fleißig löffelnde Dame zwar seit Längerem auf Joghurt umgestiegen ist, sich nach eigener Überzeugung nicht mehr zu einer Gazelle entwickeln wird.

Frau Schultze-Schreckenberger wirft einen finsteren Blick zur Terrasse hin, packt ihren Driver, umklammert ihn mit beiden Händen, als wolle sie auf der Kirmes beim *Hau den Lukas* einen Preis gewinnen und holt aus. Tom hält die Luft an, wagt nicht zu atmen. Das könnte womöglich stören. Doch es ist nur ein Probeschwung. Dann endlich beschließt Frau Schultze-Schreckenberger den Abschlag zu vollziehen. Sie produziert einen sehenswerten Slice. Der Ball prügelt eine böse Delle in eine am Rande stehende Eiche. Unverschämterweise prallt der Ball von dort hinter die Abschlaglinie zurück und verfehlt die Schlägerin um Haaresbreite.

„Mist!" hört man sie aufstöhnend wispern. Ein tödlicher Unfall hätte sie vermutlich nicht härter treffen können.

„Das war doch eine *Dame*?" flüstert Tom dem braven Bodo-Bert zu. „Muss sie nachher einen ausgeben?"

Aufklärung für Nichtgolfer: Bei den Männern gilt die stille Vereinbarung, dass bei einem Abschlag, der nicht einmal über die Linie des Damenabschlags hinausfliegt, am Ende des Turniers ein Drink spendiert wird – als kleine Strafe für ein derart klägliches Versagen. Dass sogar eine Dame ein solches Ergebnis produziert, ist nirgendwo geregelt. Damit kann schließlich keiner rechnen.

Einige Abschläge später hat Bodo-Bert die Ehre ergattert und teet auf. Tom steht daneben, fixiert das Tee und sucht Augenkontakt zu Bodo-Bert. Das deutet er mit den Augen zu der kleinen Abschlaghilfe hin.

„Ah ja", sagt der und setzt sein Tee ein Stückchen hinter die Abschlaglinie zurück.

„Bei unserer Damenkompetition geben wir keine Hinweise, auch keine diskreten", kritisiert die korrekte Mitspielerin. „Das ist dann ein Strafschlag!"

So geht es weiter. Mal ein Seufzen beim Fehlschlag, mal ein dreistes Klappern von zwei kontaktfreudigen Schlägern im Golfbag. Oh ihr bösen Eisen und Hölzer! Dann erlaubt sich gelegentlich auch noch eines der Räder am Caddiewagen ein vorlautes Knarzen.

Am zehnten Abschlag greift Bodo-Bert zu einer Banane und erklärt: „Ich glaube, ich muss mich stärken."

Tom will zur Auflockerung beitragen und merkt an: „Nicht zu viel Banane, sonst schlägst du vor Kraft gleich `ne Dame."

Von der dünnhäutigen Frau Schultze-Schreckenberger wird er unverzüglich zur Ordnung gerufen: „Diese Bemerkung ist ungehörig. Wir befinden uns schließlich in einem vorgabewirksamen Turnier!"

Bodo-Bert lächelt, Tom schnauft durch. Dann bietet er an - um des lieben Golffriedens Willen - den Flight zu verlassen. Das will Frau Schultze-Schreckenberger dann doch nicht und von nun an wird es noch recht harmonisch.

Beim Drink am 19. Loch verstärkt sich die Harmonie, als die beiden Männer noch einen Drink ausgeben. Tom überlegt, ob er Frau Gloria Schulze-Schreckenberger an ihre vorhin geschlagene *Dame* erinnern soll. Das traut er sich dann aber doch nicht; auch nicht, als diese völlig überraschend verkündet:

„Also Männer, ich bin die Glori!"

Franz von Suppè

An der Intensität der Gesichtsbräune erkennt man einen guten Golfer. Die schöne Bräune deutet daraufhin, dass er wenig Zeit unter Büschen und Bäumen verbringt.

Tom verfügt über eine solche Gesichtsbräune. Er hält seinen neuen Putter in den Händen und lässt liebevoll seinen Daumen über die aufgeraute Schlagfläche gleiten. Dann blickt er abwärts, betrachtet das kleine runde Ding zu seinen Füßen und beugt die Knie. Da klingelt es. Eben noch zwinkerte ihm sein Ball aufmunternd zu und er bildete sich ein, dass er den guten Meter bis zum Loch mit einem gefühlvollen Putt überwinden werde. Nun hält er irritiert inne.

Man mag vermuten, dass Tom im Büro das Putten übt und durch ein dienstliches Telefonat gestört wird; oder zu Hause von einem Hausierer, der die Haustürglocke betätigt. Nein, er nimmt heute an einem Herrennachmittag teil, ist auf der Golfanlage im Dreierflight unterwegs und befindet sich mitten auf einem Grün. Wie gesagt, er vernimmt Klingeltöne, musikalisch verbrämt, nicht laut, aber doch störend. Die Klingelmelodie kommt dem Operetten-liebhaber, bekannt vor. Und schon weiß er es: leichte Kavallerie, von Franz von Suppè: *Dem dem dite dem dite dem dem dem...*

Das Musikstück mag Tom wirklich gerne. Schon in jungen Jahren hat er sich dazu verleiten lassen, beim Zuhören in rhythmische Zuckungen zu verfallen. Jetzt ist ihm nicht danach zumute. Sein eben noch auf den Ball gerichteter Blick wandelt sich in ärgerliches Erstaunen, schwenkt hoch zu Ede, mit dem er heute wieder im Flight unterwegs ist. Muss man dem Ede neuerdings ein Hörgerät verpassen? Der steht nur wenige Meter von ihm entfernt, hört nichts und stiert den ruhenden Ball an. Sekunden

43

vergehen. Tom blickt hypnotisch. Endlich wendet Ede den Blick zu ihm hoch, schaut kinderäugig.

„Warum spielst du den Ball nicht?"

Tom sagt nur: „Bei dir piept es."

Da guckt Ede mit Augen fast so groß wie eine Klobrille, beginnt zu begreifen, und eilt, sein Handy aus der Hose fingernd vom Grün. Er verschwindet hinter einem Baum. Dort hört Tom ihn einige Sätze murmeln. Dann ist er schnell wieder zurück, grummelt eine Entschuldigung und dass das Telefonat wichtig gewesen sei.

„Wichtig oder nicht", sagt Tom, „auf jeden Fall war es störend, zumindest für mich."

Er stellt sich wieder in Positur. Inzwischen wirkt er so nervös wie eine Morgenzeitung auf der windigen Veranda. Er wirft dem Spielpartner noch einen Blick zu. „Ede, du hast das Ding jetzt doch hoffentlich abgestellt?"

Der nickt. Doch Tom traut ihm nicht. Beim Golfspielen ist Ede so unsensibel wie ein männliches Erdhörnchen bei der Paarung.

„Ruhe ist des Golfers Pflicht" denkt Tom und gibt dem Ball einen, wie er sich einbildet, wohldosierten Stoß. Der Ball jedoch verweigert sich auf das Hässlichste, will den direkten Weg ins Loch nicht finden. Er küsst zwar die Lochkante, erwischt dann eine winzige Bodenwelle und rollt munter weiter. Na toll! Als er endlich zur Ruhe kommt, ist er vom Loch weiter entfernt als zuvor. Nach zwei weiteren Putts verschwindet der Ball dann endlich im plastikummantelten Loch.

Tom wirft noch einen Blick auf seinen Telefonkandidaten, meint, dass Magengeschwüre wachsen, pickt den Ball aus dem Loch und macht sich auf den Weg zum nächsten Abschlag. Immerhin, auf den verbleibenden Löchern ist Ruhe in Ede`s Hose.

44

Hoppla, jetzt komm ich!

Was ist der Unterschied zwischen einer Autoschlange und einer echten Schlange? Richtig! Bei einer Autoschlange ist das A....loch vorne.

Auf dem Golfplatz ganz ähnlich: Wenn ein Golfspieler auf einen Flight aufläuft, geht es ihm vorne zuweilen viel zu langsam voran. Deshalb gibt es Regeln. Eine dieser Regeln besagt, dass man schnellen Spielern umgehend ein Überholen ermöglichen soll, und auch solchen, die sich im Gegensatz zu einem selbst auf voller Runde befinden. Dazu muss man jedoch öfters zurückblicken, den Verfolger wahrnehmen und die Situation richtig einschätzen.

Im letzten Jahr war der friedliche Tom mit seiner Frau Else schlägerschwingend unterwegs. Da vor den beiden ein Dreierflight mit Damen erst verspätet gestartet war, lief Tom mit seiner Else schon bald zu ihnen auf. Der Damenflight wurde jedoch auch eingebremst. Denn vor den späten Damen marschierte ein Seniorenvierer, der sich schnell als echter Schneckenvierer herausstellte.

„Dann lassen wir uns heute mal viel Zeit, liebe Else. Oder hast du Lust zum Überholen? Wie ich dich kenne, triffst du den Ball dann noch schlechter."

Gesagt, getan. Im Verlauf des gemütlichen Spiels, Tom chippt gerade seinen Ball auf das Grün, vernimmt er hinter sich urige Laute. Beim Zurückschauen nimmt er einen wild gestikulierenden Spieler wahr. Im ersten Augenblick vermutet er einen epileptischen Anfall, dann stürzt der heraneilende Golfer mit derart elastischen Schritten herbei, dass er diesen erschrockenen Gedanken sofort wieder verdrängt.

Seit sich einmal im Supermarkt vor der Ladenkasse ein brummeliger Mann hektisch und hemdsärmelich an ihm vorbeidrängelte, kann Tom Ähnliches nicht mehr irritieren.

Damals erklärte der Drängler, er sei Porschefahrer - oder war es ein BMW-Fahrer? - und er habe deshalb immer Vorfahrt.

Jetzt erklärt Tom dem erregten Verfolger, dass er ihn soeben erst bemerkt habe, ihn sogleich vorbeilassen würde. Dann fragt er noch, ob der Eilige sich nicht auch auf andere Weise hätte bemerkbar machen können. Vielleicht durch das Betätigen einer Trillerpfeife? Er, Tom, hätte schon als Kind so etwas für alle Fälle in der Hosentasche mitgeführt; übrigens auch einen Bindfaden, ein kleines Schweizer Messer und gelegentlich sogar eine tote Feldmaus.

Es wird dann noch ein freundliches Gespräch und Tom darf großzügiger Weise seinen dicht an der Fahne liegenden Ball einlochen, bevor er für den Verfolger Platz macht. Insgeheim kommt danach bei Tom Freude auf. Er weiß, dass dem Drängenden nun das Vergnügen mit den drei späten Damen und dem Schneckenvierer bevorsteht.

Er hat darüber nachgedacht, ob es sinnvoll sein könnte, für Spieler mit einstelligem Handicap und solche, die sich auf voller Runde befinden, Ferrarimützen in diesem knalligen Rot bereitzustellen. Man könnte auch daran denken, flotte Golfspieler mit Winkefähnchen auszustatten, selbstverständlich in einer Signalfarbe und mit edlem Holzgriff. Erwägenswert erschien Tom auch eine Schiedsrichterpfeife. Er dachte, dass ein solcher Einsatz speziell bei Herrennachmittagen von besonderem Nutzen sein könnte. Dort spielen viele Ältere mit, von denen einige nicht mehr so gut sehen.

Den Gedanken mit der Pfeife hat Tom inzwischen wieder verworfen, nicht wegen der Etikette, sondern weil Spieler mit Horchschwächen trotz Hörgerät nicht einmal eine nervige Melodie ihres Handys in der Hosentasche bemerken

Kennen Sie den?

Nein, hier ist nicht irgendein Witz gemeint, sondern eine besondere Spezies von Golfspielern.

Wir kennen diesen Menschenschlag, oder? Dieser besondere Typ wird nicht nur beim Golfen gesichtet, sondern auch bei Tätigkeiten, bei denen man es nicht immer ganz genau nimmt; also zum Beispiel beim Kartenspielen, beim Ausfüllen der Steuererklärung oder ähnlichen Anlässen. Felix ist so einer. Beim Spiel mit den Würfeln hat er meist ein *gezinktes* Exemplar in der Tasche.

Felix hat ein ordentliches Handicap. Wenn er mit dem korrekten Tom über den Platz spaziert, ist er meist wenig erfolgreich. Felix nennt sein Spiel dann *unglücklich*.

An das letzte gemeinsame Spiel kann sich Tom gut erinnern. Es war ein denkwürdig. Zu dritt marschieren sie über die Golfanlage. Die rote Rosi hat die Scorekarte von Felix zu verwalten, der die von Tom und dieser muss Resi im Auge behalten. Jeder von ihnen ist mit den eigenen Schlägen und dem Zählen der benötigten Schläge beschäftigt. Danach gilt es, die korrekte Zahl zu notieren.

„Bei mir fünf Schläge", erklärt der heitere Felix und setzt sein Freibiergesicht auf. Die rote Rosi notiert brav.

„Ich habe leider einen Schlag mehr benötigt. Für mich bitte eine Sechs aufschreiben", sagt Tom zu Felix und denkt: „Hatte der nicht auch sechs?" Was soll`s!

Beim nächsten Abschlag packt Felix sein neues Holz aus, ein gewaltiges Ding in Schrumpfkopfgröße. Mächtig haut er drauf. Der Ball geht ab wie Schmidts Katze. Was für ein herrlicher Slice!

Tom denkt: „Den finden wir nie." Er wähnt den Ball in den Büschen jenseits des seitlichen Wassers. *Ngu, ngong,* ruhe sanft in Frieden, würde ein Koreaner sagen. Sonderbarerweise findet er sich an einer Stelle, wo Felix straflos droppen darf. Sie prüfen Marke und Markierung des Balles, stimmt alles. Ach Felix, du Glücklicher!

Tom wird nachdenklich. Es soll ja schon vorgekommen sein, dass Golfspieler vorsorglich Bälle derselben Marke und Markierung in der Hosentasche mit sich führen, um dann im Notfall ihren Ball überraschend *wiederzufinden.*

Sie marschieren zum nächsten Abschlag. Felix stützt sich fröhlich auf seinen Schläger und schaut zu, wie Tom den Driver schwingt. Dann ist Felix dran. Entschlossen greift er wieder zu seinem *Schrumpfkopf.* Doch auch jetzt weigert sich der Ball, einen geraden Verlauf zu nehmen. Er landet irgendwo im Nirgendwo.

„Jetzt ist er wirklich weg", denkt Tom. Er will Felix nun beim Suchen nicht aus den Augen lassen. Und richtig, an buschigen Bäumen, wo man noch bequem stehen und schlagen kann, fällt ihm ein Ball aus der Hosentasche. Tom tut so, als habe er nichts gesehen und vermutet laut, dass der Ball weiter seitlich verschwunden sei. Felix schleicht herum und murmelt: „Ich bin sicher. Hier muss er doch... Rosi hilf doch, der Ball muss doch zu finden sein."

Die Sache ist eindeutig. Beim Charakter mangelt es Felix an deutscher Wertarbeit. Er hat inzwischen den Golfclub verlassen, spielt in einem anderen Club.

Gestern hat ein Freund erzählt, dass Felix kürzlich wieder auffällig geworden sei. Er habe an einem Turnier teilgenommen, das wegen schlechten Wetters unterbrochen und schließlich ganz abgesagt werden musste. Als die Scorekarten eingesammelt wurden, hätten sich Felix und zwei Mitspieler zunächst standhaft geweigert, ihre Karten rauszurücken. Als sie schließlich doch dazu gezwungen waren, habe sich herausgestellt, dass sie ihre Scorekarten bereits vollständig ausgefüllt hatten.

Sag zum Abschied leise Dermo

Bodo-Berts Busenfreund Ede hat heute keine Zeit. Er hat sich deshalb mit Tom verabredet. Gemeinsam marschieren sie über den Golfplatz. Sonnenschein und Wärme haben in den letzten Wochen das Grün der Fairways in eine steppenähnliche Landschaft verwandelt.

Tom versucht mit einigem Erfolg seine schleichende Arthritis zu ignorieren. Trotzdem ist sein heutiges Spiel grottenschlecht, zahlreiche Bälle verspringen oder rollen zu weit, wenn sie ausnahmsweise einmal kurz bleiben sollen. Mehrfach musste er schon ein lautes *Fore* auf gegnerische Fairways röhren. Für Nichtgolfer: Es gehört zur golferischen Etikette, bei Fehlschlägen möglichst laut dieses englische Wort zu rufen, damit in der Nähe befindliche Golfspieler wissen, dass sie die Arme schützend über dem Kopf platzieren sollten. Ein geschlagener Golfball ist zwar keine Kanonenkugel, kann jedoch ersthafte Verletzungen hervorrufen.

Tom`s Spiel wird heute nicht besser. Sein nächster Schlag entwickelt sich erneut zu einem elitäreren Slice und verschwindet abwegig in dichten Büschen.

„Dermo" zischt er leise vor sich hin.

„Was hast du gesagt?" fragt Bodo-Bert.

„Nichts", murmelt Tom und begibt sich auf Ballsuche.

Der Ball ist auch nach längerem Suchen nicht auffindbar und so formt sich erneut ein leises *Dermo* auf seinen Lippen. Ein neuer Ball, ein neues Glück? Mal sehen. Wie pflegt doch gleich ein Uraltmitglied im Club in solchen Fällen zu sagen? *Es gibt keine unglücklichen Schläge, es gibt nur mieses Spiel.*

Tapfer kämpft Tom weiter, mit schlechtem Gewissen. Sein fehlerhaftes Spiel scheint auch seinen Begleiter zu verunsichern.

„Der Ball läuft dir nicht weg", bemerkt Bodo-Bert mal wieder. Und: „Hau nicht so tüchtig drauf. Deinen Kopf hast du auch zu schnell herumgerissen."

Endlich erreichen sie das Grün. Toms Ball liegt nur einen Meter weg vom Loch. Aber der winzige, von einem Regenwurm aufgeworfene Sandhügel verfälscht den Laufweg und ertrotzt einen weiteren Schlag. Am Ende benötigt er drei unfreundliche Putts. Trotz seines gestiegenen Stresspegels funktioniert sein nächster Abschlag dann hervorragend. Doch das Fairway ist knochentrocken, gleicht in seiner Festigkeit der Landebahn des Frankfurter Flughafens. Der Ball prallt auf die Unberechenbarkeit des trockenen Fairwaybodens, macht prompt einen munteren Satz in die falsche Richtung und hüpft hinein in das Wurzelwerk einer schattenspendenden Blutbuche. Erhöhter Blutdruck, Hitze und Frust machen Tom zu schaffen. Erneut entschlüpft ihm ein *Dermo*.

„Du hast es schon wieder gesagt", reklamiert der aufmerksame Bodo-Bert.

„Ach, vergiss es", wiegelt Tom ab. Er will ihm die Bedeutung dieses Wortes nicht auf die Nase binden. Doch der neugierige Leser darf es ruhig wissen. Als Tom kürzlich mit einem russischen Geschäftsmann zusammentraf und dieser sein langes Fairwayholz zu stark in den Boden haute, ohne den Ball ordentlich zu treffen, entfuhr ihm oft dieses ominöse Wort. Tom insistierte und der Russe offenbarte ihm schließlich die Bedeutung.

„Wenn Ihr flucht, sagt Ihr Hühnerkacke dazu. Oder ihr ruft Mist oder Sch...limmeres", klärte er auf.

Das war es also! Es schreibt sich wohl D E R M O, jedoch mit einem Zusatzzeichen beim Buchstaben R. Ein solches Zeichen gibt nur die russische Tastatur her. Umgehend adoptierte Tom dieses exotische Wort in der Überzeugung, dass er es mal, allenfalls in höchster Not, verwenden würde. Es könnte ja gelegentlich ein Fluch seine Lippen kommen. Dann würde dieses Unwort kaum als ein Etiketteverstoß enttarnt werden.

Zurück zum Spiel. Aus Sicht eines Golfspielers ist dieser Tag einer zum Wegwerfen. Tom treibt den Ball weiter tapfer vor sich her. Nach zahlreichen Fehlschlägen ist endlich das achtzehnte Grün in Reichweite. Der Schlag hin zur lockenden Fahne mit der Aufschrift *18* schwächelt wieder extrem. Der Ball scheint sich zunächst noch zielstrebig im Landeanflug auf das Grün zu befinden. Will er das davor befindliche frontale Wasser heute tatsächlich ignorieren? Beim frühen Hinterherschauen antizipiert Toms Kopf das kräftige *Platsch*. Er seufzt auf, stützt sich ächzend auf sein Sechsereisen und denkt:

„Sag zum Abschied leise DERMO."

Das Rentnerterzett

Der Golfclub, in welchem Ede seit vielen Jahren Mitglied ist, zählt zu den schönen, feinen und ehrenvollen. Es hat schon Spitzenspieler hervorgebracht. In einigen Jahren kann der Club auf ein hundertjähriges Bestehen zurückblicken. Es gibt Mitglieder, bei denen man den Eindruck hat, dass sie schon die Gründerjahre des Clubs miterlebt haben. So fein sind sie, regelsicher und etikettebewusst. Dieses Etikettebewusstsein freilich ist bei diversen Mitgliedern förderungswürdig, scheint es doch umso mehr zu erodieren, je mehr sich das Golfspiel zum Volkssport entwickelt hat.

Es ist ein normaler Wochentag, so um die Mittagszeit. Da ist es meistens noch recht leer auf der schönen Anlage. Man kann in Ruhe sein Spiel aufziehen und Schläge ausprobieren. Heute ist es anders. Schon auf dem Parkplatz packt Ede ein leichtes Unbehagen wegen der zahlreich abgestellten Autos. Nun gut, wenn doch mehr Betrieb ist als erwartet, muss er sich in Geduld fassen und beim Abschlagen wohl etwas warten. Er ist ja gut erzogen, hat Anstand und Etikette. Er marschiert zum Caddyhaus und richtet seine Golfutensilien. Daneben, auf der Driving Range, herrscht einiges Gedränge. Alles ältere Leute.

„Ist wohl heute Haus der offenen Tür... für Mitglieder aus dem nahegelegenen Altersheim", lästert Ede still in sich hinein, obwohl sein eigenes Gesicht hervorragend in diese Truppe passt. Am ersten Abschlag steht im Augenblick kein Spielwilliger. Oh wie schön! Das ist doch eine echte Chance, um eine Wartezeit zu vermeiden! Er zögert nicht, schenkt sich Übungsschläge auf der Driving-Range, muss sich jetzt sputen, um noch vor drei Senioren abzuschlagen, die sich offensichtlich in Richtung Abschlag aufmachen. Eilig teet er auf, schwingt durch, der Driver liebkost die

Grasnarbe und der Ball eiert wie ein führerloses Ufo über das Fairway. Ede hastet seinem schlechten Schlag hinterher und realisiert beim Zurückblicken, dass sich einer vom Rentnerterzett zum Abschlag bereitmacht. Ein anderer winkt ihm sogar hinterher. Ede ist ein höflicher Mensch und winkt zurück.

„Die holen mich nie ein", denkt er und ist schon um die Ecke enteilt. Sein Spiel funktioniert heute nicht so recht. Das Schwächeln des Balles hat zunehmend Methode. Der kleine Plastikball will nicht so, wie Ede es gerne hätte. Die Richtung stimmt einigermaßen, aber selten die Distanz. Trotzdem läuft er bald auf einen Flight auf, weil bei dem ein Ball auf Abwege geraten ist und sich offensichtlich gut versteckt hat. Auch hier macht er drei Spieler aus, die sich in fortgeschrittenem Alter befinden.

Nachfolgende Spieler soll man ja zügig überholen lassen. Doch keiner der Spieler vor ihm macht Anstalten, seinen Einser-Flight vorbeizuwinken! Also übt sich Ede in Geduld. Er hat ja eine gute Kinderstube genossen und weiß um die notwendige Etikette! Mit Kennerblick registriert er, dass die Alten da vorne sehr ordentliche Schläge ausführen, die meist auch noch eine gute Länge aufweisen. Trotzdem kommt er nach einer Weile zu dem Schluss, dass *die da vorne* ihn allmählich vorbeilassen könnten. Die Herren vom Rentnerterzett haben ihren Verfolger durchaus registriert. Sie haben sich mehrfach nach ihm umgedreht.

„Ich sollte mich konzentrieren", denkt er. Schon bei seinem nächsten Schlag ist Ede auf der Jagd nach seinem entsprungenen Ball. Mit dem suchenden Blick eines Teenies beim Discobesuch begibt er sich ins Unterholz. Da gleicht seine Nase der eines Trüffelschweines.

Der Dreierflight hinter ihm rückt jetzt näher. Und auf dem Fairway nebenan, das registriert Ede, sind ebenfalls drei Spieler unterwegs. Alles fremde, ältere Gesichter.

„So ein Mist!" denkt er. „Den verdammten Ball finde ich nicht so schnell." Einen lauten Fluch kann er noch unterdrücken. Jetzt gerät ihm auch noch ein Sandkorn unter die Kontaktlinse. Er beschließt abzubrechen und schlurft auf abseitigen Wegen dem Clubhaus entgegen. Dort ist überraschend viel Bewegung, ungewöhnlich viel Publikum. Die meisten haben ihre Augen auf das nahe Grün gerichtet. Ede mischt sich unter das Volk, trifft auf seinen Freund Bodo-Bert, fragt, was hier los sei.

„Wir haben heute die überregionalen Meisterschaften der Senioren auszurichten", hört Ede ihn antworten. „Hast dich umsonst umgezogen, der Platz ist heute für das normale Mitglied gesperrt!"

Ede`s Gesichtsfarbe wechselt in die des nahegelegenen Sandbunkers. Deutlich zeichnet sich vor seinem geistigen Auge ein Trottel in Einser-Flight-Formation ab, der auf das Grün hin tänzelt und dann irritiert vor einem hämisch applaudierenden Publikum den Ball ins Loch praktiziert.

Ede`s Golfclub ist ein feiner Club und ein ehrenvoller obendrein. Er richtet immer mal wieder überregionale Turniere aus. Wie eingangs erwähnt, hat die Einhaltung der Etikette in diesem Club einen hohen Stellenwert. Es ist doch nicht zu viel verlangt, vor Spielbeginn die Anschläge auf dem schwarzen oder grünen Brett in Augenschein zu nehmen. Auch an einem Wochentag. Und um die Mittagszeit.

Mein Gott, Hermine ...!

Ob die Welt der Golfspieler dieses Buch braucht, muss der Leser entscheiden. Was jedoch mag den Autor veranlasst haben, diese Zeilen zu verfassen? Müssen Begebenheiten, wie sie hier geschildert werden, unbedingt der Nachwelt erhalten bleiben?

Es ist ein sanfter Samstagnachmittag, ein Apriltag zu Saisonbeginn, der sommerliches Wetter vorwegnimmt. Am Himmel wandern Wattewolken durch azurblau gefärbte Atmosphäre. Kein Turnierbetrieb behindert heute den Otto-Normalgolfer in seinem Spiel. Doch oh je! Auf dem ersten Abschlag drängeln sich verschiedene Flights. Warten ist angesagt. Tom begibt sich zuerst auf die Driving Range, lässt eine Portion Bälle in den Kunststoffeimer kullern und testet seine Treffsicherheit. Es klappt recht gut. Dann kann es ja losgehen. Am ersten Abschlag stehen noch immer zwei Flights, deren Spieler, zum Teil ungeduldig, darauf warten, abschlagen zu dürfen.

Keine hundert Meter entfernt befindet sich der Start für die zweiten neun Löcher – der Abschlag Nummer Zehn. Hier herrscht Ruhe, kein Spieler ist in Sicht. Deshalb beschließt er, dort seine Golfrunde zu beginnen. Er ignoriert ein Schild mit dem Hinweis, dass vom zehnten Abschlag an Wochenenden und Feiertagen zwischen zehn und sechzehn Uhr nicht gestartet werden darf. Warum denn nur, wenn kein Turnier stattfindet und man auch sonst niemanden stört?

Tom lässt Regel Regel sein, da ist er ganz undeutsch. Schließlich hat schon Goethe erkannt, dass, wenn man alle Regeln befolgen wollte, keine Zeit mehr hätte, sie zu übertreten. Entschlossen stößt er zwanzig Minuten vor der erlaubten Zeit ein Tee in den Boden, spendiert sich einen neuen Ball und platziert ihn liebevoll auf dem Tee. Er gibt sich der vom Können her unbegründeten Hoffnung auf einen gelungenen, langen Abschlag hin. Dann blickt er nach vorne, wo er sich einbildet, dass sein Ball landen könnte und wo in diesem Augenblick zwei Golfspieler um die Ecke entschwinden. Dort befindet sich ein schön gestaltetes frontales Wasser, aber schön ist es nur, wenn es gelingt, darüber hinwegzuspielen.

Auf geht's! Tom holt aus, der Schwung ein wahres Wunder - freilich ein Wunder an schlechter Technik. Nach dem Aufschwung leitet er nicht sofort den Abschwung ein. Für Sekunden, im Zenit des Schlages, scheint er zu überlegen, ob er abends pünktlich zum Essen zu Hause sein wird. Dann saust der Kopf des Drivers abwärts, trifft mit fehlgeleiteter Kraft derart auf die Kunststoffkugel, dass diese mit erstaunlicher Dynamik über den trockenen Rasen davonpoltert und - ein weiteres Wunder - auf ziemlich gerader Bahn bis hin zur Biegung des Fairways enteilt.

Ein Spieler peilt durch die Büsche zurück. Es ist Michael Meier, ein Vorstandsmitglied, bei dem es zum Y im Namen nicht gereicht hat. Fühlt sich der ehrenwerte Vorstand, den die Freunde Micki nennen, in seinem Spiel gestört? Der war doch schon längst um die Ecke entschwunden, als Tom abschlug.

Auf dem nächsten Fairway eilt ihm der weit über siebzigjährige Micki, den der Golfsport jung gehalten hat, mit elastischen Schritten entgegen. Herr Meier gehört zum Clubinventar und man bezeichnet ihn als wandelndes Regelbuch. Er wird von einigen Mitgliedern verdächtigt, auf diesem Golfplatz geboren zu sein. Als ihm vor einigen Jahren zu Ohren kam, dass eine Ehefrau ihren Mann mit dem Golfschläger zu Tode gebracht habe, soll seine erste Frage gewesen sein: „Wie viele Schläge hat sie benötigt?"

Man sagt dem Vorstand auch Wutausbrüche nach. So habe er sofort nach einem Turnier, in welchem viele seiner

Abschläge misslangen, den Weg nach Hause angetreten und dort zur Eisensäge gegriffen. Schimpfend soll er den Kopf des Drivers vom Schaft getrennt und den enthaupteten Schläger wie einen Speer in den Gartenzaun geschleudert haben, wo dieser aufrecht steckengeblieben ist. Angeblich fristet der Schlägerschaft dort noch heute sein Dasein, inzwischen von Efeu diskret umrankt.

Nun steht Micki Meier schnaufend vor Tom, schaut aus, als habe ihm jemand eine Dornenkrone aufs graue Haupt gedrückt. Heilige Mutter Zeus! Aus basedowschen Augen zucken Blitze.

„Sie haben uns behindert, aber viel schlimmer, Sie durften um diese Zeit noch nicht vom Abschlag 10 starten. Ich spreche Ihnen hiermit eine *Verwarnung* aus!"

Tom fühlt sich ertappt. Zerknirscht gesteht er seinen Fehler ein. Wer tut das schon gerne. Doch das erregte Mitglied des Vorstands setzt nach, würgt ihn erneut mit kritischen Worten.

"Sie können mit einer *schriftlichen* Verwarnung rechnen!"

Tom nimmt die Beschuldigungen mit gesenktem Haupt entgegen, fühlt sich in seine Kindheit zurückversetzt.

Hinter ihm hat in der Zwischenzeit ein weiterer Spieler abgeschlagen. Micki Meier registriert das mit bösem Blick. Von nun an hält Tom respektvollen Abstand zum Vorstand. Der einzelne Golfspieler, der Tom nachgefolgt ist, entpuppt sich als eine nette alte Dame. Die beiden beschließen, die weiteren Löcher gemeinsam zu gehen.

Im weiteren Verlauf wirft Micki Meier immer wieder strafende Blicke zurück. Dann verzögert er plötzlich sein Spiel. Ein erneutes Aufeinandertreffen wird unausweichlich wird. Wie ein Hirtenhund aus seiner Hütte stürzt Micki Meier auf die Begleiterin zu. Seine basedowschen Augen quellen hervor: Zwei kleine Golfbälle, die jeden Augenblick aus dem Gesicht herauszuspringen drohen.

"Gottchen Hermine, du spielst so lange schon Golf und nun ein solch schlimmes Vergehen. Och Gottogott!"

Hermine ist die Mutter des Clubpräsidenten! Nachdem auch die alte Dame ihren bösen Fehler eingestanden hat, lässt der Hirtenhund von ihr ab. Die Gedemütigten folgen in respektvollem Abstand. Die kleine Kunststoffkugel verweigert nun noch öfter den Weg in Richtung Fahne.

Die beiden nehmen den letzten Abschlag in Angriff. Das Fairway ist hier besonders schmal. Links und rechts lauern Büsche und Bäume mit dichtem Geäst. Hier haben sich schon viele Golfbälle zur Ruhe begeben: Jeder Ball eine gescheiterte Hoffnung. Die Blätter wispern lockend. Sie werden auch dieses Mal nicht enttäuscht.

Die Runde ist beendet, man verabschiedet sich artig. Die alte Dame begibt sich ins Clubhaus. Tom zieht müde und frustriert seinen Golfwagen zum Parkplatz, schleppt zusätzlich an seiner schweren Verfehlung. Doch Potz Blitz! Hinter der großen Rosenhecke am Parkplatz lauert schon wieder das erboste Vorstandsmitglied. Hat Micki Meier dort gewartet, um ihm erneut mit Anschuldigungen zu überhäufen? Doch der Angeschuldigte muckt nun auf.

„Ich habe mich doch bereits entschuldigt. Soll ich mich etwa noch vor Ihnen zu Boden werfen?"

Der greise Vorstand bestätigt dieses Ansinnen nicht, zumindest nicht ausdrücklich, ist jedoch immer noch nicht zu besänftigen und wiederholt seine Absicht nach schriftlicher Abmahnung. Dann geht er, endlich. Auch der Abgemahnte geht, schlurft müde zum Caddiehaus, um sein Golfbag abzustellen. Es wurmt ihn, dass er sich an diesem wunderschönen Tag so ärgern muss und er denkt: „Golfspielen hat was mit Masochismus zu tun."

Im Urlaub lässt er sich die Post nachsenden. Vom Golfclub kommt kein Brief. Das bringt ihn zu der Überzeugung, dass er nur deshalb keine schriftliche

Abmahnung erhielt, weil er das Glück hatte, bei seinem schändlichen Tun von einer *very important person* begleitet worden zu sein, der man ebenfalls eine Abmahnung hätte erteilen müssen.

Noch Wochen später schleicht Tom verunsichert über den Platz, wenn Michael Meier, dieser ganz spezielle Typ, in der Nähe ist. Es wurmt ihn nachhaltig, erwachsen wie er ist und mit einem gesunden Selbstbewusstsein ausgestattet, so niedergemacht worden zu sein. Er kommt zu der Erkenntnis, dass golfspielende Akteure irgendwie anders, irgendwie besondere Menschen sind.

Der Autor fragt nun boshaft: „Golfspieler, was ist typisch an dir?"

Klarstellung für Genderfans:

Wenn bei den im Folgenden dargestellten Charakteren nur von der männlichen Form

„*TYP*"

die Rede ist, so ist dies kein Machogehabe oder gar „political uncorrectness". Nein, es ist pure Höflichkeit gegenüber den Damen. Denn diese wollen doch gewiss nicht als

„*TYPE*"

bezeichnet werden!

Auch findet oft der Begriff „Spieler" Anwendung. Dies geschieht, um die *amtlich korrekte,* jedoch für einen Deutschkundler gruselige Formulierung *Spieler/in* oder Spieler*in zu vermeiden.

Teil 2

Ach, es gibt ja so viele Arten von Golfspielern; und dann womöglich mancherlei Geschlechts? Da wäre die sprachliche Reduzierung auf die Formulierung „Spieler und Spielerinnen" im Falle des Falles zu eng gefasst!

Hier nun einige - überzeichnete - Typen wie ...

Der analytische Typ

- **Er** ist fähig, in den Frauen- und Männerkörpern seiner Mitspieler das Skelett wahrnehmen.

- Er ist meist erfolgreich in seinem Spiel. Sein Gesicht weist eine gesunde Bräune auf, die darauf hindeutet, dass er wenig Zeit unter Büschen und Bäumen verbringt.

- Er hat erkannt, dass der wichtigste Schlag immer der nächste ist.

- Er kommt mit einer Videokamera und einem Stativ auf den Platz.

- Er betrachtet seine Golfschuhe, kontrolliert die Standfestigkeit und wechselt schnell noch zwei Spikes aus.

- Er legt Hand an Blick, um die Sonneneinstrahlung zu prüfen, obwohl die Sonne gar nicht scheint.

- Er drückt Daumen und Handballen in den Rasen, um die Platzbeschaffenheit zu testen.

- Er wirft ein kleines Büschel Gras in die Luft, um die Windrichtung zu ermitteln und betrachtet dann stirnrunzelnd die in verschiedene Richtungen auseinanderstiebenden Grashalme.

- Er studiert ausgiebig den Verlauf der Strecke. Später aktiviert er - in Sichtweise des Grüns - seinen elektronischen Distanzmesser.

- Er putzt nach jedem Einlochen mit einer speziellen Reinigungsbürste seinen Ball sowie die Rillen am Schlägerkopf des Drivers.

- Er lässt den Blick mehrfach vom Abschlagspunkt hinaus in die Ferne zu einem Punkt wandern, wo er sich einbildet, dass sein Ball landen wird.

- Er macht einige Probeschwünge mit seinem Lieblingseisen. Dann wählt er zwei andere Eisen aus. Er nimmt schließlich sein längstes Holz.

- Er puttet auf dem Grün knapp Loch vorbei, schaut dem Ball hinterher und erkennt, dass er die Krümmung der Erde unberücksichtigt ließ.

Der redselige Typ

- **Er** leidet an Logorrhö: Reden ist alles, schweigen kann jeder.

- Er erkundigt sich nach dem Wohlbefinden seines Mitspielers, während dieser gerade zum Schlag ausholt.

- Er kommentiert jeden Schlag des Spielpartners und jeden seiner eigenen Schläge.

- Er beklagt sich, dass ihn ein Mitspieler durch sein Gerede aus dem Schlag gebracht habe.

- Er hat nach einem sommerlichen Turniertagen Sonnenbrand auf der Zunge.

- Er erzählt gern Witze. Beispiel: *Ein Spieler wälzt sich von einem Golfball getroffen am Boden, presst beide Hände in den Schritt. Eine Mitspielerin, eine gelernte Masseuse, eilt zu Hilfe, öffnet die Hose des Stöhnenden, biegt dessen Hände zur Seite, massiert gefühlvoll und emsig, um die Pein zu lindern. Der Mann ächzt „Nicht doch! Ooooh, uuhhh, aahhh! Wird schon besser!" Sie massiert munter weiter, fragt nach einer Weile, ob es sich gut anfühlt. Er stöhnt "Ja, wunderbares Gefühl! Aber mein Daumen brennt immer noch höllisch!"*

- Er ist ein Spieler, der seine Bälle *aufsabbelt.*

- Er wird von Mitspielern mit der Frage konfrontiert: „Stört es Sie, wenn ich weiterspiele, während Sie sprechen?"

- Er bricht das Spiel aus Zeitmangel ab.

Der Typ aus Sicht von Meier und Müller

- **E**r ist ein *reicher, alter Sack und hat ein orthopädisches Handicap.*

- Er betreibt einen Sport, den sich ein Normalbürger nicht leisten kann.

- Er steht im Mittelpunkt und damit immer im Weg.

- Er hat ein neues Auto, ein neues Haus, einen neuen Satz Golfschläger und eine neue Frau.

- Er ist entsetzlich vornehm: *Mein Gott, was sind wir vornehm, wir bleiben unter uns!*

- Er zitiert einen befreundeten Banker mit den Worten: „Ich und Golf spielen? Nein, Golf spielt mein Chauffeur. Ich spiele Polo!"

- Er ist ein mit Golfschlägern ausgerüsteter Spaziergänger, also kein echter Sportler. Er würde lieber mit seinem Hund spazieren gehen. Aber schließlich spielen viele seiner Geschäftsfreunde Golf.

- Er nutzt den Golfplatz als zentralen Anlaufpunkt für geschäftliche Kontakte und setzt den happigen Jahresbeitrag als Repräsentationskosten ab.

- Er hat einen aufrechten Gang, weil er eingezwängt ist in ein Korsett aus Etikette und kritischen Beobachtern.

- Er markiert seinen Ball mit einem 1000-Euro-Chip aus dem Spielcasino von Monte Carlo.

- Er zieht das Spiel mit dem Golfball sexuellen Handlungen vor - wahrscheinlich deshalb, weil er kein langes Vorspiel erwartet wird und jubeln kann, wenn er schnell drin ist.

- Meier und Müller denken, dass auch sie gutes Golf zu Stande brächten, wenn sie es nur versuchen würden. Und sie teilen die Meinung von G.K.Chesterton, der behauptet, das Golfspiel sei eine teure Variante des Spiels mit Murmeln.

Der korrekte Typ

- **Er** hat die *Rechte* studiert und dann doch die *Falsche* geheiratet.

- Er gilt im Club als wandelndes Regelbuch.

- Er liest vor Spielbeginn regelmäßig und ausgiebig die Nachrichten am Aushang.

- Er weiß, dass der Kadaver einer schwulen Strumpfbandnatter als ein bewegliches Hindernis anzusehen ist und somit straffrei entfernt werden darf.

- Er schreitet bei einem Turnier fünfzehn Minuten vor der Abschlagzeit zum Starthäuschen.

- Er schaut beim Erscheinen von Mitspielern zuerst auf seine Uhr, dann auf deren Outfit.

- Er antwortet auf die Frage nach seiner Ballmarke: „Wollen Sie mich verhören?"

- Er fragt den Mitspieler, ob dieser die Golfregeln dabeihat. Wenn dieser dann freudig auf sein weißes Büchlein verweist, stellt er trocken fest, dass nur das rote Exemplar das Korrekte ist.

- Er zählt sorgfältig die Anzahl der Schläger im Golfbag des Mitspielers und stellt fest, dass der einen Schläger zu viel im Bag hat.

- Er beherrscht die Etikette. Bei der Begrüßung erklärt er: „Gestatten, Hugo Meier-Uhlenbusch, Gründungsmitglied des niedersächsischen Golfclubs *Auf der Kuhkoppel e.V.*, Handicap 12!"

- Er provoziert auf diese Weise den Mitspieler, der sofort Haltung annimmt und brav rapportiert: „Heiße Matze Müller-Wohlbehage, bin neuerdings ordentliches Mitglied im *Ostsee-Club Kalk und Kies*, nur Platzerlaubnis!"

- Er betrachtet naserümpfend die zerfransten Jeans und das bunte Hemd seines Spielpartners, stellt fest, dass er wegen seines besseren Handicaps *die Ehre hat* und schreitet in aufrechter Haltung zum Abschlag.

- Er eröffnet das Spiel unter Protest.

- Er wartet den Abschlag seines Mitspielers ab und erteilt ihm dann einen Strafschlag, weil dieser sein Tee für den Abschlag einen Zentimeter vor die Abschlaglinie gesetzt hat.

- Er schaut zu, wie sein Spielpartner sensationell vom Vorgrün einchippt und dann freudig den im Loch an der Fahnenstange eingeklemmten Ball herausfingert. Sein gnadenloses Urteil: „Ich erteile ihnen zwei Strafschläge, der Ball war nicht voll m Loch!"

Anmerkung: Diese schwachsinnige Regel wurde inzwischen aus dem Regelbuch entfernt.

Der unermüdliche Typ

- **Er** füttert den Ballautomaten an der Driving Range permanent mit Münzen.

- Er spielt nach dem Motto: *Wer viel übt, hat auch mal Glück im Spiel.*

- Er spielt wann immer er nur kann. Und er kann oft. Und das nicht erst seit gestern.

- Er verbringt den Vatertag auf der Anlage.

- Er träumt nachts von dem rumpelnden Geräusch, das beim Einlochen des Balles entsteht.

- Er wird von den meisten Clubmitgliedern erkannt und gegrüßt.

- Er spielt achtzehn Löcher, kommt durchnässt ins Clubhaus, nimmt einen schnellen Drink und fragt seinen Nachbarn, ob er mit ihm auf eine Golfrunde gehen möchte.

- Er spielt bei zerfetztem Himmel, bei Regen und Schnee und bestreitet hartnäckig, dass der Platz in Kürze unbespielbar sein wird, obwohl der Wind inzwischen mit Windstärke acht über die Fairways peitscht.

- Er kommt erst vom Platz, wenn die Flaggstöcke lange Schatten werfen.

- Er meldet bei jedem Clubturnier.

- Er ist ein mittelmäßiger Spieler und deshalb immer in Hochform.

- Er biedert sich bei der „Schneehuhntruppe" an, um an der Winterrunde teilzunehmen.

- Er quält sich mit Rückenproblemen. Die Siegerehrung verbringt er in gebückter Haltung.

- Er soll am Abschlag, als er den Ball auf das Tee setzen wollte, schon einmal das Gebiss verloren haben.

- Er steht kurz vor der Scheidung.

Der verschlafene Typ

- **Er** schaut aus, als wäre er nur versuchsweise geboren.

- Er erweckt den Eindruck, als käme er gerade aus dem Windkanal oder aus dem Bett (letzteres ist bei ihm nie auszuschließen).

- Er hat in seiner Hochzeitsnacht auf ein Erdbeben gewartet.

- Er trägt eine Frisur, die sich andere nicht einmal unter der Achselhöhle leisten würden.

- Er kommt häufig zu spät und schlurft ohne schlechtes Gewissen auf die Golfanlage.

- Er entschuldigt sich bei seinem Spielpartner und begründet das mit dem Hinweis, seine Frau habe es nicht geschafft, daheim die Kaffeemaschine zu reparieren und den Mülleimer hinauszutragen.

- Er denkt: „Vielleicht wäre ich heute besser im Bett geblieben" (ach, hätte er es doch bloß getan!) und startet schließlich zu seiner Golfrunde.

- Er spielt drei Löcher. Dann winkt er den Platzmeister heran, als dieser sich mit einem Elektro-Cart nähert. Er bittet seinen Partner alleine weiterzuspielen und lässt sich zum Clubhaus fahren. Dort ordert er ein romantisches Frühstück samt Kaffee mit Schuss als Wachmacher.

Der kräftige Typ

- **Er** erscheint mit geschultertem Golfbag am Abschlag und murmelt: „Wo ich bin, ist vorne."

- Er hat sich eine *Biggest Big Bertha* gekauft.

- Er schleudert beide Arme mehrfach um seinen Oberkörper, um die Muskulatur aufzuwärmen.

- Er vollzieht einige Liegestütze und schließt gymnastische Übungen an – eine Vorstufe zum Zen-Buddhismus.

- Er setzt sein *Wo steht das Klavier?-Gesicht* auf und packt entschlossen ein Holz. Die Hölzer sind aus Titan, deshalb heißen die Dinger ja auch Hölzer.

- Er vollführt beim Abschlag einen Baseballschlag, der ihn für die Premiere League qualifizieren würde. Dabei fetzt er ein kinderwindelgroßes Divot aus dem Rasen.

- Er meint bei Spielbeginn, dass er das Turnier gewinnen kann.

- Er eilt nach dem Abschlag zum entferntest gelegenen Ball und muss feststellen, dass es nicht der Seine ist, schüttelt verständnislos den Kopf und muss sich nach rückwärts orientieren.

- Er produziert kräftige Putts nach dem Motto: *Fahne raus, Ball rein!* Auch wenn ein sanfter Tupfer angebracht wäre, wird es oft ein knuffiger Putt.

- Er hat sich einen neuen Putter gekauft – der alte konnte nicht schwimmen.

- Er spielt im Einklang mit der Natur, das heißt, seine Bälle landen häufig im Wald.

- Er hat sich in den letzten Monaten den Spitznamen *McDivot* redlich erworben.

- Er hasst die Worte: *Du bist noch mal dran!*

- Er ist stark genug, die miserablen Schläge seiner Mitspieler zu ertragen, nicht jedoch die eigenen.

- Er lebt an der Clubbar nach dem Motto: *Mens sana in Campari Soda.*

Der Typ „Zerstreuter Professor"

- **Er** ist kurzsichtig, betritt nachmittags mit seiner Frau das Clubhaus, putzt seine Brille, bestellt sich ein ausgiebiges Frühstück, küsst das Ei und klopft der Frau mit dem Eierlöffel auf den Kopf.

- Er hat kürzlich seinen 91-jährigen Vater auf eine Privatrunde mitgenommen. Denn der kann im Gegensatz zu ihm noch ordentlich sehen. Nach dem Abschlag bestätigt ihm der Vater, dass er den Ball habe gut verfolgen können. Sie laufen los. Er fragt nach der Position des Balles. Die Antwort des Vaters: „Hab ich vergessen."

- Er benutzt einen Schlägersatz aus den Anfangsjahren des Golfspiels. Darum geht es ihm auf dem Fairway wie zuweilen beim Liebesakt: Was hilft die Routine, wenn das geeignete Werkzeug fehlt?

- Er findet keine Golfbälle im Bag und macht sich auf den Weg zum Verkaufsshop.

- Er verwechselt die Tür vom Shop mit der Toilettentür. Erst als er sich über das Klobecken beugt, um sich die Hände zu waschen, erinnert er sich, dass er Golfbälle kaufen wollte.

- Er stellt auf dem Weg zum ersten Abschlag fest, dass er seinen Driver im Auto liegengelassen hat. Er muss daraufhin den Schlüsseldienst holen, weil er die Autoschlüssel stecken ließ, als er die Tür seines Oldtimers zuschlug.

- Er hat struppiges Haar, geht gelegentlich mit Straßenschuhen auf den Platz und ignoriert weite Teile der Kleiderordnung.

- Er schreitet nachdenklich zum ersten Abschlag, findet endlich sein Tee, teet auf und versucht, mit dem Regenschirm abzuschlagen.

- Er strebt nach Verlassen des sechsten Grüns zum neunten Abschlag und wird darauf hingewiesen, dass er am Abschlag sieben weiterspielen muss.

- Er hebt ein Stückchen Papier auf, das ihm aus der Tasche gefallen ist. Beim Lesen des Notizzettels stellt er fest, dass er seit einer Stunde zum Seniorentennis verabredet ist.

Der Spaßvogel-Typ

- **Er** gleicht dem Schaum auf dem Bier. Allein ist er nur Schaum, doch was ist schon ein Bier ohne Schaum?

- Er knattert mit einem antiken Motorrad und einer zerfledderten Fliegerkappe zum Golfplatz.

- Er kommt zu spät und begründet die Verspätung mit der Behauptung, er habe bei Fleurop noch Neurosen bestellen müssen.

- Er trägt an nicht nur an besonders warmen Tagen ein ärmelloses Netzhemd und ignoriert Golfregeln. So hat er mehr Spaß am Spiel.

- Er hat sich einen Putter besorgt, der ausschaut, als hätte schon sein Urgroßvater damit eingelocht.

- Er verkürzt sich die Wartezeit, indem er mit seiner Golfkappe Jagd auf Schmetterlinge macht.

- Er vermeidet einen Probeschwung und sagt: „Ich will ihn nicht verschwenden, er könnte ja gut werden."

- Er antwortet auf die Frage seines Mitspielers, ob er beabsichtigt, einen langen Ball zu schlagen: „Ich ziehe einen runden Ball vor."

- Er schlägt mit dem Driver ab. Als der Ball nur bis zum Damenabschlag kullert, kommentiert er: „Da hätte ich ja gleich den Putter nehmen können."

- Er vertauscht beim Suchen die Bälle.

- Er entgegnet auf die Frage, wo sein Ball sei: „Da, wo ich ihn hingeschlagen habe!"

- Er verbreitet gerne Tipps nach dem Motto: Du sollst deine Bälle so schlagen, dass du sie nicht suchen musst.

- Er macht beim Betreten des Grüns den Vorschlag, der Platzwart solle beim Setzen der Löcher diese etwas seitlicher positionieren. Denn beim Putten rolle sein Ball zu häufig knapp am Loch vorbei."

- Er erklärt auf dem Puttinggrün, dass sein vierter Putt der erfolgreichste ist.

- Er erzählt, dass er sich kürzlich eine neue Brille gekauft hat. Dennoch könne er das Grün nicht richtig lesen.

- Er benutzt auf dem Grün häufig seinen Putter, um den Rock einer Mitspielerin zu liften. Seine Standarderklärung: *Eine neugierige Wespe habe sich dort Eintritt verschaffen wollen.*

- Er hat angeblich selten Angst, schon gar nicht vor seiner Frau, jedoch immer wieder vor diesen Ein-Meter-Putts.

- Er unterbricht in der Nähe des Clubhauses sein Spiel und erklärt den Mitspielern, dass er sich dringend einen Schnaps hinter die Binde gießen müsse. Dann würde seine Hand beim Putten nicht mehr so zittern.

- Er erklärt am Clubtresen, was ein Mann alleine tun muss: *schwören, sterben, putten.*

- Er agiert dort nach dem Motto: *Der Klügere kippt nach. Denn er* trinkt für seine Leber gern.

- Er beantwortet die Frage nach seinem Handicap mit: „Meine Frau!"

- Er möchte mit seinen Späßen darüber hinwegtäuschen, was er nicht ist: Ein guter Golfspieler.

- Er schminkt sich nach dem Spiel die Lippen, pudert die Backen, steckt sich zwei Tennisbälle unter das Hemd, stülpt eine Perücke über den Kopf und meldet zur Damen-Competition.

Der Typ Marke Motzki
(Gott weiß alles, Motzki weiß alles besser).

- **Er** ist Rechtshänder und verfügt dort über zwei Zeigefinger.

- Er verkörpert die verbreitete These, dass man kein Golf spielen darf, wenn man Spaß haben will.

- Er trägt seine Mundwinkel abwärtsgerichtet. Selbst wenn er einmal lachen sollte, hat er Sorgenfalten im Gesicht.

- Er lebt gesund, das heißt, er riecht nach Knoblauch.

- Seine Haartracht lässt die Vermutung zu, dass ihm Sackhaare verpflanzt wurden. Otto-Normalspieler leistet sich solche Frisur nicht einmal unter der Achselhöhle.

- Er hat zwei Überzeugungen: Puttet er erfolgreich, dann liegt es an seinem Können; puttet er schlecht, dann hat ein Spieler gestört oder das Grün ist schlecht gepflegt.

- Er fühlt sich ständig durch nachfolgende Flights behindert.

- Er winkt später gestartete Spieler durch und beschleunigt danach sein Spiel.

- Er haut regelmäßig große Divots aus dem Fairway, setzt die Grasstücke jedoch nicht wieder ein.

- Er mokiert sich später im Clubhaus über die unzureichende Platzpflege.

- Er verkündet laut, dass man das Problem X vor zwanzig Jahren auch schon gehabt habe, und dass es damals viel besser gelöst worden sei. Er weiß aber nicht mehr wie.

- Er bemängelt beim Bier am Clubtresen, dass der Vorstand zu geringe Aktivitäten zur Förderung der Geselligkeit entfalte. Auf die höfliche Frage eines Gastes, ob der Platz neben ihm noch frei sei, reagiert er irritiert und blockt schmallippig ab.

- Er fragt später heimlich den Wirt: „Ist das etwa ein neues Mitglied?"

- Er traut keinem über fünfzig und keinem unter neunundvierzig.

- Er wurde noch nie von Freunden enttäuscht. Er hat keine. Wer ihm etwas Gutes nachsagt, tut ihm bitter Unrecht.

Der versnobte Typ

- **Er** hat von Ernest Hemingways Roman *Über den Fluss und in die Wälder* gehört. Er hält den Roman, der es als einziges seiner Werke auf Platz 1 der New York Times Bestsellerliste geschafft hat, für ein lehrreiches Golfbuch.

- Er trägt anstelle einer Golfkappe einen Glorienschein. Dieser gerät ihm im Lauf der Zeit zur normalen Kopfbedeckung.

- Er tönt: „Leute; wenn alle Spieler Würmer sind, dann bin ich auf jeden Fall der Glühwurm! Bei ihm scheint sogar die Unfruchtbarkeit vererbbar.

- Er behauptet, erst kürzlich mit Tiger Woods gegolft zu haben. Oder war es Bernhard Langer?

- Er würde am liebsten gar nicht Golf spielen. Welcher gesunde Mensch mag schon eine Sportart betreiben, bei der man ein Handicap hat?

- Er föhnt morgens nach dem Aufstehen sorgfältig sein Toupet und vergisst auch nicht die Haarpracht unterhalb des Nabels.

- Er kommt mit einem Caddy auf den Platz.

- Er meidet kumpelhaftes Duzen. Wenn er gut gelaunt ist, bietet er ein *Tages-Du* an. Das heißt: *Am nächsten Tag wird wieder gesiezt.*

- Er spielt nur bei gutem Wetter. Schlägt das Wetter um, spielt sein Caddy für ihn weiter.

- Er versucht mit geringem Erfolg, beim Schlagen des Balles aus seinen Verrenkungen eine elegante Bewegung zu machen.

- Er lobt sein hervorragendes Spiel (heute wieder toll gespielt!) und ignoriert die Diskrepanz zum erzielten Ergebnis.

- Er vollbringt einen guten Schlag, danach schaut er sich hoffnungsvoll um, um zu sehen, ob es andere Spieler mitbekommen haben.

- Er erzählt überall, dass er ein guter Spieler ist, verschweigt jedoch sein Handicap. Gelegentlich nennt er ein falsches.

- Er meidet Turniere. Wenn er einmal an einem Turnier teilnimmt, füllt er die Scorekarte mit einem goldenen Kugelschreiber aus.

- Er entschuldigt schlechtes Spiel damit, dass ihn der Pro mit seinen Ratschlägen durcheinandergebracht habe. Zudem habe der Schwung-Guru sein Spiel kürzlich vom linken auf den rechten Schlagarm umgestellt.

- Er ruft sich nach beendetem Golfspiel ein Taxi und fährt ins Autokino.

Der optimistische Typ

- **Er** haut einen Abschlag in die Büsche, sagt: „Der Schwung jedoch war gut" und ist überzeugt, dass die nächsten Schläge besser werden.

- Er behält seine gute Laune, auch wenn er Bälle verliert oder nach schlechtem Spiel vom Platz kommt. Denn er weiß: Ich habe wieder etwas dazugelernt!

- Er begibt sich bei schlechtem Wetter erst ins Clubhaus, wenn das Donnerwetter unwiderruflich zunimmt und ein erster Blitz in seiner Nähe eingeschlagen hat. Es irritiert ihn auch nicht, wenn sogar schon die Vögel zu Fuß gehen.

- Er blickt hinüber zum seitlichen Wasser, wo herabgewehte Äste zusammen mit einer Stockente gegen kabbelige Wellen ankämpfen und erklärt voller Überzeugung: „Schaut nur, die Ente ist auch schon wieder aktiv."

- Er beobachtet die heftigen, gegen das Terrassenfenster klatschenden Regengüsse, studiert eine Weile den in Grauschwarz gehüllten Himmel, wendet sich dann an seinen Spielpartner und behauptet im Brustton der Überzeugung: „Da hinten wird es heller. Ich mache mich schon mal fertig! In zehn Minuten treffen wir uns am Abschlag eins."

- Er bestellt nach dem Spiel im Clubrestaurant ein Dutzend Austern, weil er hofft, eine Perle darin zu finden.

Der Handy-Typ

- **Er** eilt telefonierend aus dem Haus, aus dem Flugzeug, aus dem ICE, aus dem Taxi oder aus seinem Auto hin zum Golfplatz.

- Er will den Anschein erwecken, dass er eine gefragte Person ist. Auch auf der Toilette und beim Duschen schaltet er sein Telefon oder Smartphone nicht ab.

- Er hat dieses magische Ding so nötig wie der Chef seine Sekretärin oder der Golfspieler seine Schläger.

- Er regelt in jeder freien Minute per Handy irgendwelche Geschäfte oder etwas, das er für Geschäfte hält. Oft teilt er auch nur mit, dass über der Golfanlage die Sonne scheint.

- Er gibt in jeder Lebenslage den Retter der Flatrate.

- Er ignoriert den Hinweis, dass Handys auf dem Golfplatz nicht gelitten sind.

- Er führt das Handy mit sich, um jedes Mal nach Verlassen eines Grüns Nachrichten abzuhören.

- Er ignoriert böse Blicke seiner Mitspieler, wenn sich das Handy im Spielverlauf meldet.

- Er stellt unter den Golfspielern eine ständig wachsende Spezies dar.

- Er lässt sich gerade aus den Vereinigten Staaten das neueste I-Phone einfliegen.

- Er wird mit leiser Stimme am Starthäuschen ermahnt: „Mr. Handyman, deaktivieren Sie bitte ihr Handy und sorgen Sie dafür, dass Ruhe in ihrer Hose herrscht."

- Er schaltet beim Handy den Ton weg, aktiviert den Vibrator und begibt sich unverzüglich zum Abschlag. Denn sein Flight *is ready for take off*.

Der Schürzenjäger-Typ

- **Er** ist verheiratet – jedoch nicht fanatisch.

- Er weiß, dass Golf und Sex Sachen sind, die Spaß machen können. Deshalb nascht er gerne an den Aromen des Lebens.

- Er schließt sich oftmals einem Damenflight an. Gelegentlich drängt er sich auf.

- Er macht sich bei den Damen beliebt und hat auch Erfolg bei seinen Mitspielerinnen. Aber Erfolg hat schon manchen ruiniert.

- Er versäumt nicht, in jedem Jahr den zehnten Januar zu feiern. Das ist der *Tag der Blockflöte*. Schließlich gehört tuten und blasen zu seinen bevorzugten Hobbys.

- Er begrüßt eine attraktive Golfspielerin und schon richten sich seine Schnürsenkel auf.

- Er könnte Naturwissenschaften studiert haben und von Beruf Chemikers sein. Denn er sucht immer nach neuen Verbindungen.

- Er redet über das eine oder andere – meist jedoch über das eine.

- Er hat sich kürzlich wieder verliebt und zwar in eine zehn Jahre jüngere Golferin. Für eine Heirat ist sie ihm jedoch zu alt.

- Er denkt beim Anvisieren des Loches auf dem Puttinggrün nicht nur ans Putten.

- Er liftet mit seinem Driver den Rock einer Mitspielerin, während diese ihren Ball aufteet. Bei diesem Tun elektrisiert ihn der Gedanke: *Hoch mit dem Rock, rein mit dem Pflock!*

- Er weiß nicht, wie weit er zu weit gehen darf.

- Er prahlt im Clubhaus: „Wer mich nicht kennt, hat das Leben verpennt".

Der langsame Typ

- **Er** spricht so, wie Boris Becker einst Tennis spielte: Er kämpft um jeden Satz.

- Er begibt sich im Schleichgang zum Abschlag. Nicht wenige seiner Spielpartner behaupten: Ein Schritt langsamer und er geht rückwärts.

- Er muss sich viel Spott anhören. So wird gemunkelt, eine Zeitlupenaufnahme würde ihn als Standbild wiedergeben.

- Er prüft mit dem Druck erst des linken, dann des rechten Daumes die Bodenbeschaffenheit an der Abschlaglinie, wischt einen Grashalm zur Seite und positioniert erst dann sein Tee.

- Er richtet sich langsam auf und nimmt eine andächtige Position ein, sodass man vermuten könnte, er wolle beten. Mitspieler befürchten gar, dass er im Stehen einschlafen könnte oder dass womöglich Gras über den Ball wächst.

- Er bückt sich noch einmal, entfernt das Tee, schaut sich suchend um und steckt es dann schließlich doch an die alte Stelle zurück.

- Er beugt sich lange über den Ball, scheint ihn zu hypnotisieren. Dann nimmt er so etwas wie eine Schlagposition ein. Er tut das so behutsam, dass Mitspieler einen Erschöpfungszustand befürchten. Endlich ist er bereit, holt weit aus und vollzieht einen Probeschwung.

- Er wiederholt diesen Vorgang und vollzieht dann tatsächlich seinen ersten Abschlag.

- Er verfolgt die Flugbahn des Balles, der im Begriff ist, sich in die seitlichen Büsche zu schlagen und flüstert: „Ich habe es gewusst!"

- Er schlurft zum Golfbag, erstarrt, dreht sich um und fragt: „Wo ist mein Tee?"

Der Typ Otto-Normal-Turnierspieler

- **Er** bestreitet, dass Golfspielen etwas mit *Rasenballett* zu tun hat.

- Er lässt kaum ein Clubturnier aus.

- Er hat bei John Updike gelesen, dass nur ein geschenkter Putt ein sicherer Putt ist.

- Er schreitet zum ersten Abschlag in der Überzeugung, er könne das Turnier gewinnen. Er weiß, dass er sich dazu unterspielen, also sein Handicap verbessern muss.

- Er korrigiert nach einigen absolvierten Löchern seine Zielsetzung dahingehend, dass er im Rahmen seines Handicaps bleiben will. *)

- Er erkennt am zehnten Abschlag, dass er sich anstrengen muss, um keine Zurückstufung im Handicap hinnehmen zu müssen.

- Er kämpft schlussendlich darum, bei seinem Score in den *Zwanzigern* zu bleiben.

- Er geht nach dem Turnier schnell nach Hause, weil auch dieses Ziel verfehlt wurde und sein Name in der Ergebnisliste ganz unten aufgeführt ist.

*) Hinweis für Nichtgolfer: Um sein Handicap zu spielen, benötigt man nach Frank Stableford 36 Punkte (dieser Mann hat bereits 1898 diese Spielform erfunden, sie wurde jedoch erst 1968 in die Golfregeln aufgenommen).

Der stille Typ

- **Er** ist tolerant – also unfähig, klar ja oder nein zu sagen.

- Er betet in sich gekehrt vor Spielbeginn, obwohl jeder weiß, dass auch der liebe Gott ihm nicht helfen kann

- Er handelt nach dem Tucholsky-Wort: *Toleranz ist der Verdacht, dass der andere Recht hat.*

- Er vertieft sein Spiel durch emsigen Einsatz auf der Driving-Range.

- Er wartet bei Massenandrang am Abschlag klaglos und geduldig bis er dran ist.

- Er spielt ordentliches Golf und praktiziert die Erkenntnis, dass in der Ruhe die kraft liegt.

- Er versucht dieses vom Golflehrer geforderte *Nichts* in seine Schwünge einfließen zu lassen.

- Er zieht bescheiden seine Runden und akzeptiert jeden Mitspieler, der sich ihm anschließen will.

- Er beteiligt sich an der Suche verschlagener Bälle selbst dann, wenn ein Auffinden aussichtslos erscheint.

- Er lauscht im Clubhaus den wunderbaren Erzählungen anderer Golfspieler, wo zum Beispiel Herr Prof. Dr. Müller-Dreizack frustriert darüber berichtet, wie er am vierten Loch, einem Par 5, die Chance auf eine klare Sechs versiebt hat und es dann nicht einmal zu einer Acht reichte. Und das alles nur deshalb, weil ein auf dem Grün herumkriechender Regenwurm die Richtung des austrudelnden Balles gravierend verändert habe.

- Er stimmt auf der Jahreshauptversammlung stets für die Vorschläge des Vorstands. Der ist schließlich gewählt und weiß am besten, wie es richtig geht. Deshalb glaubt er auch, dass Zitronenfalter Zitronen falten.

- Er sitzt in geselliger Runde und denkt, wenn er denkt, immer erst zweimal nach, um schließlich nichts zu sagen.

Der halbseidene Typ

- **E**r ist feinfühlig wie eine *Prinzessin auf der Erbse,* zuvorkommend und freundlich.

- Er bevorzugt ein leckeres Outfit und trägt nach dem Spiel eine blaue Krawatte zum lilafarbenen Hemd, dazu eine grüne Hose, gelbe Socken und braune Schuhe.

- Er geht regelmäßig ins Fitness-Studio, um seine Brustmuskulatur zu stärken. Beim Verlassen der Kraftstation stellt er am Gerät einen wesentlich höheren Schwierigkeitsgrad ein.

- Er flaniert mit zwei betagten Damen im Arm am Clubhaus vorbei und ignoriert dabei Mitglieder, die auf der Terrasse lästern: „Seht, da kommt eine Praline mit zwei alten Schachteln."

- Er schreitet immer gut frisiert zum Abschlag.

- Er gibt erschrockene Kommentare von sich wie *oh Gott, oh Gott!,* wenn ihm ein Abschlag misslingt oder sich ein Ball ins frontale Wasser verabschiedet.

- Er setzt auf dem Fairway ein herausgeschlagenes Devot derart gefühlvoll ein, als wolle er einen Luftballon rasieren. Dann befestigt er es mit einem besonders weichen Tritt.

- Er will auf keinen Fall in die Puttlinie eines Mitspielers treten und entwickelt auf dem Grün Bewegungen, die an Tschaikowskis sterbenden Schwan erinnern.

- Er behandelt seinen Golfball vor dem Putten auf eine besonders liebevolle Weise. Hartnäckige Schmutzflecken beseitigt er auch schon mal mit der Zunge. *)

- Er schiebt einen Fünfzig-Zentimeter-Putt so vorsichtig voran, dass die kleine Kugel deutlich vor dem Loch verendet. Seine Mitspieler sprechen lästernd dann von einem „Wowereit"**)

- Er telefoniert nach dem Spiel mit seinem Freund. Der weiß alles von ihm und liebt ihn trotzdem.

*) **Warnung an alle Golfspieler:** *Von einer derartigen Zungenfertigkeit ist abzuraten. Schließlich kann nie ausgeschlossen werden, dass auf diversen Golfplätzen die Grüns mit chemischen Mitteln behandelt werden, die womöglich im Vietnamkrieg oder anderswo bei der Entlaubung ganzer Urwälder hervorragende Dienste geleistet haben. Auch denkbare Kunstdüngerreste sind dem menschlichen Genusse abträglich. Der Autor schlägt vor, das Regelwerk ausdrücklich um den Hinweis zu ergänzen, dass Golfbälle nicht mit dem Munde zu säubern sind. Bei Nichtbeachtung sollte ein Strafschlag erteilt und die Krankenkasse informiert werden.*

**) *Klaus W. – ein ehemaliger Berliner Bürgermeister, der sich geoutet hat.*

Der unbegabte Typ

- **Er** hat zwar Mathematik studiert, doch seine Schläge sind unberechenbar. Spieler, die sich in seiner Nähe oder auf einem naheliegenden Fairway aufhalten, sind stets in Gefahr, von einem seiner Querschläger erwischt zu werden.

- Er begibt sich auf die Driving-Range, füllt einen Eimer mit Übungsbällen, schlägt nur wenige Bälle, verlässt resigniert die Trainingswiese und denkt: „Warum soll ich meine schlechten Schläge auch noch üben?"

- Er wirkt nur beim Aufteen souverän.

- Er wurde mit dem Spitznamen *Damen-King* bedacht, denn er produziert zu häufig Abschläge, die kaum bis zum Damenabschlag kullern.

- Er liegt mit seinem Ball so häufig im Wald, dass er Tipps geben kann, wo die besten Pilze wachsen.

- Er leidet darunter, dass die Fairways zu selten seine Bälle annehmen. Dennoch bedauert er, dass diese nicht enger gestaltet sind. Dann müssten auch bessere Golfer öfter aus dem Rough spielen.

- Er will bei einem Par 4-Loch auf dem fünften Grün mit dem sechsten Schlag einlochen, scheitert auch mit dem siebten Schlag, weil er das Eisen acht erwischte, obwohl das Eisen neun angemessen gewesen wäre.

- Er ist zu oft in „Topp-Form". Als sich am Clubhaus ein Ball wieder einmal am Boden entlang quält, stöhnt er laut: „Ich krieg ihn einfach nicht hoch!" Daraufhin beugt sich eine ebenso neugierige wie vollbusige Blondine auf der Terrasse gefährlich weit über die Brüstung.

- Er stimmt dem Pro zu, wenn der erklärt, dass über 98% zu kurzer Putts nicht ins Loch gehen können.

- Er spielt nach dem Motto: *Ist der Score erst ruiniert, spielt sich`s gänzlich ungeniert.*

- Er verspürt einen kleinen Orgasmus, wenn die Energie seines Schlägers ausnahmsweise präzise auf den Ball trifft und dieser schnurgerade das Weite sucht.

- Er ist beim Suchen von Bällen ebenso hilfreich wie erfolgreich.

- Er schlägt mit dem Driver ab. Dennoch trudelt sein Ball immer mal wieder nur bis zum Damenabschlag wenige Meter vor ihm.

- Er büßt wenig Bälle ein, denn wegen seiner kurzen Schläge verliert er sie selten aus den Augen.

- Er antwortet auf die Frage nach seinem Score: „So weit kann ich gar nicht zählen."

- Er beginnt die Ergebnisliste stets von unten nach oben zu lesen.

- Er muss nach Saisonende regelmäßig den Griff seiner Ballangel erneuern.

- Er weiß, dass er einen Slice geschlagen hat, wenn der Ball nach rechts wegdreht, und dass es ein Hook war, wenn der Ball nach links abgeht. Fliegt der jedoch einmal schnurgeradeaus, so glaubt er an ein Wunder.

- Er erhält von seinem Arzt den Rat, mit dem Golfen aufzuhören. Das sei zu gefährlich. Auf seine erschreckte Reaktion hin antwortet der Mediziner: „Nein, nein, Sie sind kerngesund, aber ich habe Sie kürzlich spielen sehen."

Der mogelnde Typ

- **Er** stellt eine altersunabhängige Spezies dar. Diese wird auch beim Kartenspielen gesichtet, beim Ausfüllen der Steuererklärung und…und…

- Er hat einen kippligen Charakter und kennt nur zwei Wege, die zum golferischen Erfolg führen: *Mehr üben oder schummeln.*

- Er hat sich früh für den zweiten Weg entschieden.

- Er interpretiert die Golfregeln auf seine Weise.

- Er führt stets zwei Bälle derselben Marke mit sich. Das ermöglicht ihm im Falle des Suchens, seinen Ball doch noch *wiederzufinden.*

- Er *vergisst* einen Schlag bei sich mitzuzählen. Dadurch kommt es bei seinen Mitspielern nicht selten zu ärgerlichen Diskussionen.

- Er beklagt sich, dass seine Mitspieler nicht in der Lage sind, richtig zu zählen.

- Er bringt mit seiner speziellen Zählweise Mitspieler aus dem Schlagrhythmus.

- Er ist unsensibel wie ein männliches Erdhörnchen bei der Paarung und auf dem Golfplatz so notwendig wie der Heizer auf einer Elektrolok.

- Er wird ungern als Partner akzeptiert.

- Er hat kürzlich erneut den Golfclub gewechselt.

Der ängstliche Typ

- **Er** steht zuverlässig und pünktlich am Starthaus.

- Er benutzt ein kleines Speichergerät, um die Anzahl der Schläge korrekt erfassen zu können.

- Er ist bemüht, frontale Wasser und Bunker weiträumig zu umspielen. Landet er dennoch mit seinem Ball vor einem Wasserhindernis, erfasst ihn eine innere Unruhe, ähnlich einem Pennäler beim ersten Besuch im Puff.

- Er beseufzt viele seiner Schläge

- Er lässt einen Ein-Meter-Putt nicht selten vor dem Loch verenden. Das Grün wird bei ihm schnell langsam.

- Er blickt sich häufig um aus Furcht, dass ein fremder Ball geflogen kommt oder dass ein anderer Spieler zu ihm aufläuft.

- Er fühlt sich von nachfolgenden Flights bedrängt und lässt sie vorsorglich passieren.

- Er steht zu nahe am Ball, auch nach dem Schlag.

- Er achtet auf seine Gesundheit und horcht permanent in sich hinein nach dem Motto: *Entdecke dich selbst, bevor der Arzt es tut.*

- Er fragt eine Mitspielerin nach dem Match, ob er bei ihr übernachten darf. Seine Frau sei gerade verreist...

...und als krönender Abschluss: Sie, die Clubsekretärin

Als Gott die Welt schuf, schuf er auch SIE:

- Sie wird von den Mitgliedern freundlich gegrüßt und grüßt in der Regel freundlich zurück.

- Sie spielt nicht unbedingt selbst Golf.

- Sie hat Augen wie Handwerkerfüße: groß, feucht und schwarz.

- Sie wird auch Dornröschen genannt - eine Kombination aus Schönheit und Dornen:

- Sie kann zum Zornröschen werden.

- Sie ist eine aufregende Person. Was hat sie uns schon aufgeregt!

- Sie ist auch die Seele des Clubs. Ohne sie scheinen wir alle verloren: der Vorstand, die Trainer, die Spieler, die Clubfinanzen ...

Clubsekretärin, wir danken Dir! Wenn es Dich nicht gäbe, würde es auch uns nicht geben, jedenfalls nicht so, wie wir nun einmal sind: freundlich und meckernd, witzig und motzig, still und schwatzhaft, euphorisch und deprimiert ...

Lieber Leser, liebe Leserin!
Diese und andere Eigenschaften findest Du,
wenn Du vorne wieder mit dem Lesen beginnst…

…oder Dich jetzt
an Sternzeichen orientierst!

Teil 3: Sternzeichen

Auch ein Sternzeichen kann zur Aufklärung
beitragen…

Hier erneut der vorsorgliche Hinweis:
Wenn im Folgenden nicht immer zwischen
ER und SIE
unterschieden wird, so sind alle Geschlechter
gemeint. Es gibt ja inzwischen mehr als zwei…

Steinbock

Steinböcke legen Wert auf Recht und Ordnung. Das gilt auch für das Spiel mit dem genarbten Ball. Es finden sich beim Steinbock deutliche Hinweise auf den analytischen Spielertyp.

Steinböcke erarbeiten sich ihre Golferfolge wie zähe Alpinisten. Schlechtes Wetter scheucht sie nicht so schnell vom Fairway. Sie suchen lange nach einem verlorenen Ball. Der Verlust schmerzt.

Der Steinbock ist, vom Gasplaneten Saturn beeinflusst, wenig risikobereit, wagt selten mutige Schläge und unterliegt spürbaren Stimmungsschwankungen. Er neigt dazu, durch den Erfolg eines besonders guten Schlages übermütig zu werden, so dass der nächste Schlag „in die Grütze" geht.

Wegen großer Korrektheit und auch einer gewissen Sturheit strapazieren Steinbockgeborene die Nerven ihrer Mitspieler und machen sie als Spielpartner nur bedingt begehrt.

Der Steinbock-Mann ist eher ein Einzelgänger. Er harmoniert gut mit einer Krebsfrau, kommt auch gut zurecht mit Stier-, Jungfrau- und Fische-Partnern.

Zu weiblichen Steinböcken passen am ehesten Spieler, die im Zeichen Waage, Löwe und Jungfrau geboren sind. Oder ein Stier, wenn sie dessen ehrgeiziges Spiel nicht stört.

Steinböcke sind gut beraten, wenn sie Zwillingen aus der Schusslinie gehen.

Beim Wassermann herrscht der Uranus. Er ist gesellig, liebt die Abwechslung und benötigt Freiräume. ER probiert gerne neue Schläge aus. Dabei riskiert er einen Slice, auch wenn er diesen nicht beherrscht. Und er spielt einen Slice, wenn er ihn gar nicht spielen wollte. Gelingen ihm gute Schläge, so glaubt er, das Turnier gewinnen zu können. Das eint ihn mit im Zeichen des Löwen geborenen Spielern.

Frauen dieses Sternzeichens sind auch schon mal unberechenbar, aber nicht langweilig. Gefühle zeigen können sie am ehesten noch bei schlechten Schlägen.

ER spielt gerne in Jeans, obwohl der Vorstand dies nicht wünscht und weil er dazu neigt, auch kleidungsmäßig etwas Besonderes darzustellen. Schließlich ist er Individualist und immer mal wieder aufmüpfig.

Der Wassermann, oft ein intellektueller Überflieger, gilt als *weiser Narr*. *Sobald* man sich mit seiner besonderen Art arrangiert hat, ist er ein angenehmer Flightpartner. Er ist kein Allwetterspieler. Mieses Wetter belastet seine Gelenke und Nebenhöhlen zu sehr.

Spieler im Zeichen dieses Sternzeichens sind tolerant, auch wenn der Partner die Schläge einmal falsch zählt.

Fische-, Zwillinge- und Steinbockfrauen werden von IHM gerne mitgenommen - nicht nur auf den Golfplatz. SIE harmoniert auch noch mit im Sternzeichen der Waage Geborenen. Da ER und SIE gesellige Typen sind, kommen sie letztlich mit jedem klar.

Fische

Fische lassen sich golferisch schwer einordnen. Einige genießen die natürliche Schönheit der Fairways, sind introvertiert und spazieren auch gerne mal alleine über den Golfplatz. Für andere ist es eine Kontaktbörse.

Neptun hat ihnen ein sensibles Wesen mitgegeben. Sie lieben das Wasser, jedoch nicht, wenn es ihnen in Form von Schweiß den Körper herunterläuft. So wechseln sie zum Beispiel vom Tennis zum Golf, weil ihnen anstrengende Tennismatches auf die Dauer nicht so sehr behagen. Dennoch betätigen sie sich gerne sportlich. Und dann: Die Gelenke...

Sie spielen gefälliges Golf, haben eine positive Grundeinstellung und spielen aus dem Gefühl heraus. Langes überlegen, planen oder grüblerisches Nachdenken, wie der Ball am besten voranzubringen ist, liegt ihnen nicht.

Der harmoniebedürftige Fisch kann durch schlechtes Spiel vorübergehend aus der Bahn geworfen werden und dann Probleme mit der Etikette bekommen. Spielt sein Golfpartner besonders langsam, wird er unruhig.

SIE bevorzugt als Spielpartner Krebs, Waage, auch Stier. ER hat ähnliche Vorlieben. Doch auch mit Skorpionen und Schützen kommt der verträgliche Fisch gut klar. Sind diese weiblich, so kann es sein, dass ER mit ihnen händchenhaltend und treu über den Golfplatz spaziert. Dann kann es geschehen, dass er zu einem Goldfisch fürs Leben mutiert.

Widder

Der lebhafte Widder, vom Element Feuer und dem Kriegsgott Mars beflügelt, lässt Taten sprechen. Er behauptet: „Wo ich bin, ist vorne!" und fragt: „Wo ist der der nächste Golfplatz?"

Schenken Sie ihm einen Driver und er wird die ersten Bälle hingerissen auf das falsche Fairway schlagen. Jedoch: Wenn er sagt, das waren jetzt fünf Schläge (und keine sechs) sollte man nur vorsichtig widersprechen.

Der Widder spielt häufig ungeduldig und unruhig. Da er gerne Neues ausprobiert, ist sein Spiel anfällig. Er ist zu großen Leistungen fähig und will zügig das nächste Grün erobern. Sein kraftvoller Abschlag steht jedoch häufig nicht in Übereinstimmung mit dem erzielten Ergebnis.

Der selbstsichere Widder-Mann entpuppt sich nicht selten als Macho, der abends mit Kumpels ein paar Bier trinkt und sich dabei über die Sinnlosigkeit der Emanzipation auslässt.

Die Widder-Frau legt häufig ein Tempo vor, dass andere vor Neid erblassen und gleicht nicht selten einer kämpferischen Amazone. Sie neigt zum unverholenen Granteln, wenn das Spiel nicht läuft.

Eine Neigung zu Migräne und Nasenbluten kann Widdern nur kurzzeitig das Spiel vermiesen.

Widder sind nicht auf spezielle Partner festgelegt und lieben die Abwechslung. SIE bevorzugt die Steinböcke, zudem Löwen und Schützen. ER empfindet das ähnlich, favorisiert auch Mitspieler des Sternbildes Fische. Kritisch stehen beide den Skorpionen gegenüber.

108

Stier

Der Stier hält sich gerne im Freien auf. Da kommt ihm der Golfsport wie gerufen. Wenn er ein Golfbag oder einen Fahnenstock erblickt, wird er unruhig. Beeinflusst vom Planeten Venus geht er alles ruhig an, in der Liebe und im Spiel. Da ist er ähnlich ehrgeizig wie der sprunghafte Steinbock.

Im Sternzeichen des Stiers Geborene bemühen sich um eine risikoarme Spielweise. Zudem sind sie Realisten. Ihre unverblümten Hinweise wie „Sie müssen nicht so draufhauen!" werden sicherlich nicht immer der Etikette gerecht, zumal die eigenen Schläge auch nicht von Pappe sind. Der ideale Teampartner ist er eher nicht. Es stört einen Stier nicht, wenn er mangels Partner einmal allein spielen muss. Mit seinem soliden und ruhigen Spiel ist er erfolgreich. Sein Trainingsfleiß trägt spürbar dazu bei.

Stiere suchen – ähnlich wie Steinböcke - lange nach einem verschlagenen Ball. Der drohende finanzielle Verlust ärgert sie. Über die Fairways marschieren sie stets mit suchenden Augen, weil sie hoffen, einen verlorengegangenen Ball zu entdecken.

ER und SIE verstehen sich gut mit Jungfrauen. Auch Fische- und Steinbock-Partner sind genehm, IHR auch Krebse. Wie im Privatleben agieren beide freundlich, geduldig und verständnisvoll. Dagegen fühlen sie sich beim Spiel mit einem Wassermann meist irritiert.

Zwillinge

Zwillinge wissen nicht, ob sie nicht besser wieder zum Tennisspiel zurückkehren sollten, das sie viele Jahre lang freudig ausgeübt haben. Sie sind einfügsam und damit gute Teampartner.

Der Zwillingsgeborene, immer aktiv und Neuem gegenüber aufgeschlossen, entdeckt fremde Golfplätze. Der Planet Merkur fördert seinen kommunikativen Drang. Er hat diverse Eigenschaften vom redseligen Typ.

Er braucht Abwechslung und hasst den Stillstand. So plant er im Januar, dass er im Wonnemonat Mai sein Handicap um drei Schläge verbessert haben wird.

Der Zwilling-Mann eifert dem Casanova nach, ist zuweilen ein launischer Draufgänger. Mit ihm wird es selten langweilig, schon gar nicht am 19. Loch, der Clubbar. Einfallsreich wie er ist, liebt er ein variationsreiches Spiel, ähnlich wie der Wassermann, mit dem ER gut harmoniert. Dies gilt auch für Waagegeborene. Jungfrau und Fische sind nicht so sein Fall. SIE verströmt ihre Sympathien ähnlich.

ER repräsentiert auf dem Golfplatz eine Wundertüte an männlichen Launen: Mal putzt er liebevoll seinen Ball, um ihn dann - fast sexy und mit viel Gefühl - aus drei Metern Entfernung einzulochen, mal schiebt er ihn unsensibel aus 30 Zentimetern am Loch vorbei.

SIE stellt sich als schillerndes Kommunikationswunder dar, immer auf Entdeckungsreise, nicht nur auf dem Golfplatz. Ihre Umtriebigkeit verhindert oft ein besonders gutes Handicap.

Krebs

Der gefühlvolle, treue Krebs ist ein ruhiger Spieler. Abends setzt er sich gerne im Club oder im Garten auf die Terrasse, grillt oder schaut den Mond an - den ihn begleitenden Planeten. Er weist Ähnlichkeiten mit dem *stillen und dem analytischen Typ auf.*

Beim Gedrängel am Abschlag verfolgt ER träumerisch Nebelschwaden, die in der Ferne vorbeiziehen.

SIE gibt die Mysteriöse, wird von männlichen Begleitern als schutzbedürftiges, scheues Wesen wahrgenommen. Ist es ihr Blick? Oder die Art, wie sie so sensibel den Schläger schwingt?

Der verständnisvolle Krebs-Mann harmoniert am ehesten mit Fisch, Jungfrau und Skorpion und wird leicht zum Beutestück einer selbstbewussten Golferin. Seine oft künstlerischen Neigungen schlagen sich in einem eher eigenwilligen, wenngleich ruhigen und schönen Spiel nieder. Er ist naturverbunden und genießt auf den Fairways ein ungestörtes Spiel.

Würde ER Fußball spielen, so wäre ihm die Torwartposition auf den empfindsamen Leib geschrieben, SIE wäre beim Damenfußball eher die aufopferungsvolle Verteidigerin.

Die friedlichen Krebse kommen gut klar mit Jungfrau, Skorpion, Waage und Stier. SIE lässt sich auch von einem Fisch gerne den Caddiewagen ziehen oder nach dem Spiel zu einem Drink einladen.

Wer in die Scheren eines Krebses gerät, darf sich seiner wachsenden Freundschaft und Treue sicher sein.

Löwe

Begünstigt vom Planeten Sonne fühlt sich der eloquente Löwe als König der Golfpiste. Es kommt oft vor, dass er sich dabei überschätzt. Anstelle einer Golfmütze trägt er einen Glorienschein.

Bei Löwegeborenen vermischen sich Eigenschaften des *unermüdlichen*, des *redseligen* und des *kräftigen* Typs. Gelingt ihm ein besonders guter Schlag, so schaut er sich verstohlen um, ob ein anderer diese Glanztat mitbekommen hat. Dann wächst er um einige Zentimeter.

Auf den Grüns verschenkt er mehr Punkte als auf den Fairways. Kurze Schläge und Putts liegen ihm nicht. Sein Selbstbewusstsein hilft ihm locker über schlechte Golftage hinweg und sein Heiligenschein verblasst nur vorübergehend. Trotz gesundheitlich robuster Natur können ihm insbesondere Rückenschmerzen zusetzen und sein Spiel negativ beeinträchtigen.

Mit dem ehrgeizigen Löwe-Mann harmonieren zahlreiche Sternbilder. Trifft ER eine adrette Golferin auf dem Fairway oder am Clubtresen, so wackeln Anschlusstermine, besonders, wenn es sich um Schützen oder Widder handelt. Auch Steinböcke oder Krebse sind ihm genehm.

Auch die Löwe-Frau steht gerne im Mittelpunkt. Sie umgibt sich bevorzugt mit den Sternzeichen Widder, Schütze, Steinbock und Stiere.

Jungfrau

Golfspieler, die im Zeichen der Jungfrau geboren sind, wirken oft detailversessen und weisen, wie beim Steinbock, Ähnlichkeiten mit dem analytischen sowie dem korrekten Typ auf. Sie gelten als zuverlässige Partner, werden als realistisch und vernünftig eingeschätzt. Wenn man sich um zehn Uhr verabredet hat, werden sie eine Viertelstunde vorher am Treffpunkt sein und schon ungeduldig auf Sie warten. Sie wissen genau, wie viel Eisen im Golfbag mitzuführen sind und registrieren überkritisch, wenn die Fahne auf dem Grün nicht korrekt eingesteckt ist. An heißen Tagen haben sie sich mit Mücken- und Sonnenschutzmitteln bestens eingedeckt.

Auf der Driving-Range feilt die aktive Jungfrau mit Geduld und Systematik an ihren Schlägen. Wenn sie dann abgeschlagen hat, wird sie diszipliniert und mit Weitsicht weitere Schläge durchführen, die Entfernungs-marken zum Grün beachten und ihren elektronischen Distanzmesser hervorkramen. Wenn der Spielpartner einmal bei einem misslungenen Schlag verstohlen lächelt, wird SIE hörbar einschnappen wie das Türschloss am Caddyhaus. Das gemütliche Gespräch am 19. Loch, wo ihr Glas eher halb leer als halb voll erscheint, kann man dann vergessen.

Amouröse Techtelmechtel erfolgen bei IHR und IHM eher auf Sparflamme. Zuneigung zu Golfpartnern wird nur mit sparsamem Herzen erteilt, wobei ER Stier, Steinbock und Krebs präferiert, SIE zudem noch Fische.

Golfer mit dem Sternzeichen Waage lieben den Blick auf ein schönes Golfgelände ebenso wie ein gutes Theaterstück. Bei ihren Golfschlägen verbindet sie die Gestaltungskraft des Löwen mit der Liebe zum Schönen und Eleganten. Sie wird dabei vom Planeten Venus angeregt. Das Golfspiel ist für sie die adäquate Sportart.

Der Waage-Mann lässt sich gerne anhimmeln. Er ist einer der letzten Handkuss-Experten, schaut genüsslich zu, wenn eine Mitspielerin beim Aufteen mit dem Rock wippt. Ist diese gar noch ein Fisch oder Steinbock, so wird ER an diesem Tag mit Sicherheit sein Handicap nicht verbessern. Auch Löwen, Schützen und Wassermänner sind genehm.

Ähnlich ist es bei der Waage-Frau. Problematisch erscheinen ihr Vertreter des Sternzeichens Jungfrau. Letztlich entscheidet sie nach dem Gefühl.

Die Waage ist eine der Ästheten unter den Golfspielern. Sie strebt nach einer vollendeten Ansprache des Balles und nach dem idealen Schwung.

Im Sternzeichen der Waage geborene Menschen sehnen sich beim Golfen oft - wie auch in der Liebe - nach Harmonie und Ausgleich. Um des lieben Friedens willen passen sie sich an. Sie scheuen weder Trainingsstunden beim Pro noch eigene Übungseinheiten und streben einem besseren Handicap entgegen. Gesundheitliche Indispositionen machen ihnen gelegentlich einen Strich durch die Rechnung.

Skorpion

Ein Skorpion spielt Golf mit Leidenschaft. Starker Ehrgeiz macht ihn zum Perfektionisten. Er überschätzt dabei oft seine spielerischen Fähigkeiten. Da kann er schon mal ausrasten.

Launische Eigenschaften verdankt er dem Planeten Pluto. Sein Zorn kann so groß sein, dass die Temperatur im frontalen Wasser um einige Grade abzusinken droht. Die Götter sind schließlich an allem schuld – oder am Spielpartner. Oder liegt es an einer Erkältung, die ihn gerade plagt?

Golfspielen heißt für den Skorpion auch flirten. Er ist im zwischenmenschlichen Bereich durchaus aktiv und wird nicht nur beim Schlagen der kleinen Bälle munter. Fortsetzung folgt spätestens nach dem Spiel.

Die „Ich treffe keinen Ball Situation" kommt beim ihm öfters vor. Dann hilft ihm nur die Erinnerung an früher: „Ja, in der letzten Woche...!" hört man ihn granteln.

Der Skorpion ist selten um Ausgleich bemüht. Er kommt mit Partnern zurecht, die im Sternzeichen Steinbock geboren sind. Zu einem Golfball kann er eine fast erotische Beziehung aufbauen. Man beobachte einmal, wie ER seinen neuen Ball beim Aufteen hingebungsvoll anschaut oder liebvoll beim Reinigen behandelt.

SIE und ER haben neben im Zeichen des Steinbocks Geborenen auch besondere Sympathien für Jungfrau, Krebse und Fische.

Schütze

Der Schütze liebt - von Jupiter angestrahlt und vom Element Feuer angefacht - das Erkunden neuer Horizonte. Gerne würde er heute in Piemont, morgen in Belek und übermorgen in St. Andrews spielen.

Kritische Anmerkungen eines Mitspielers irritieren ihn, und der nächste Schlag verendet im nächsten Tümpel. Das „Auf" und „Ab" seines Spiels ist ausgeprägter als bei anderen Golfspielern. Dies muss man seinem Ehrgeiz zuschreiben. Er träumt davon, beim nächsten Turnier über sich hinauszuwachsen und als strahlender Sieger vom Platz zu gehen.

Der Schütze strebt auch im Golfspiel nach Unabhängigkeit. Es stört ihn wenig, wenn er die Golfrunde alleine bestreiten muss. Und dies trotz seiner Kontaktfreudigkeit.

Schützen sind planvolle Menschen. Wenn Sie sich um zwölf Uhr mit ihm verabreden, wird er pünktlich und zuverlässig vor Ort sein. Auf Reisen – „einmal um die ganze Welt" - führt er sein Golfbag oder seinen Tenniskoffer mit. Er liebt die sportliche Bewegung. Er verfügt über eine solide Gesundheit.

Die munteren Schützen empfinden Ihresgleichen als angenehme Begleiter, ebenso Wassermänner, Widder und Löwen. Trotz ihrer direkten Art haben sie mit anderen Spielern wenig Probleme.

ER bändelt gerne an - vor, im und nach dem Spiel. SIE steht ihm da wenig nach und schaut genüsslich sportlichen Typen hinterher.

Ferner im BoD-Verlag erschienen:

Der Tod macht Fehler (Streulicht)
Familienroman, 320 Seiten

Häuschen mit Herz...
...und andere unterhaltsame Kurzgeschichten,
226 Seiten

Bereit für ein Lächeln?
Besuch in einer Verse-Schmiede (frisch, unfromm,
fröhlich, frei),
Privatedition, 106 Seiten

Die Geschichte vom Vater Leuchtturm
Eine Geschichte für Kinder und Junggebliebene,
Privatedition, 46 Seiten

*Wenn ein Kind geht, dann geht ein Stück aus
deinem Herzen* - Erinnerungen,
Privatedition, 96 Seiten